叶广芩 小传

满族,北京市人,一级作家。中学就读于北京女一中(现北京一六一中学),1968年到陕西工作,曾任国营黄河机器制造厂护士,陕西工人报社编辑,西安市文联专业作家,西安市作协、西安市文联副主席,陕西作协副主席,中国作协全委会委员,西安市政协委员,陕西省人大常委等。

1979年开始发表作品。1993年加入中国作家协会。著有长篇小说《采桑子》《注意熊出没》《青木川》等,中篇小说《梦也何曾到谢桥》《黄连厚朴》《逍遥津》等,长篇自传《没有日记的罗敷河》,散文集《景福阁的月》,儿童文学《耗子大爷起晚了》等。中篇小说《梦也何曾到谢桥》获第二届鲁迅文学奖,《没有日记的罗敷河》获全国第六届少数民族文学创作"骏马奖"。长篇小说《青木川》入选陕西省第十一届精神文明建设"五个一工程"获奖作品。

百年中篇小说名家经典

BAINIAN ZHONGPIAN XIAOSHUO MINGJIA JINGDIAN

梦也何曾到谢桥

MENG YE HE CENG DAO XIE QIAO

总主编　何向阳

本册主编　白烨

叶广芩　著

河南文艺出版社
· 郑州 ·

一种文体
与一百年的民族记忆

何向阳　（丛书总主编）

　　自 20 世纪初，确切地说，自 1918 年 4 月以鲁迅《狂人日记》为标志的第一部白话小说的诞生伊始，新文学迄今已走过了百年的历史。百年的历史相对于古老的中国而言算不上悠久，但 20 世纪初到 21 世纪初这个一百年的文化思想的变化却是翻天覆地的，而记载这翻天覆地之巨变的，文学功莫大焉。作为一个民族的情感、思想、心灵的记录，从小处说起的小说，可能比之任何别的文体，或者其他样式的主观叙述与历史追忆，都更真切真实。将这一百年的经典小说挑选出来，放在一起，或可看到一个民族的心性的发展，而那可能被时间与事件遮盖的深层的民族心灵的密码，在这样一种系统的阅读中，也会清晰地得到揭示。

所需的仍是那份耐心。如鲁迅在近百年前对阿Q的抽丝剥茧，萧红对生死场的深观内视，这样的作家的耐心，成就了我们今天的回顾与判断，使我们——作为这一古老民族的每一个个体，都能找到那个线头，并警觉于我们的某种性格缺陷，同时也不忘我们的辉煌的来路和伟大的祖先。

来路是如此重要，以至小说除了是个人技艺的展示之外，更大一部分是它对社会人众的灵魂的素描，如果没有鲁迅，仍在阿Q精神中生活也不同程度带有阿Q相的我们，可能会失去或推迟认识自己的另一面的机会，当然，如果没有鲁迅之后的一代代作家对人的观察和省思，我们生活其中而不自知的日子也许更少苦恼但终是离麻木更近，是这些作家把先知的写下来给我们看，提示我们这是一种人生，但也还有另一种人生，不一样的，可以去尝试，可以去追寻，这是小说更重要的功能，是文学家个人通过文字传达、建构并最终必然参与到的民族思想再造的部分。

我们从这优秀者中先选取百位。他们的目光是不同的,但都是独特的。一百年,一百位作家,每位作家出版一部代表作品。百人百部百年,是今天的我们对于百年前开始的新文化运动的一份特别的纪念。

而之所以选取中篇小说这样一种文体,也是出于这个原因。

中篇小说,只是一种称谓,其篇幅介于长篇小说和短篇小说之间,长篇的体积更大,短篇好似又不足以支撑,而介于两者之间的中篇小说兼具长篇的社会学容量与短篇的技艺表达,虽然这种文体的命名只是在 20 世纪的七八十年代才明确出现,但三四十年间发展迅速,其中的优秀作品在不同时期或年份涵盖长、短篇而代表了小说甚至文学的高峰,比如路遥的《人生》、张承志的《北方的河》、莫言的《透明的红萝卜》、韩少功的《爸爸爸》、王安忆的《小鲍庄》、铁凝的《永远有多远》等等,不胜枚举。我曾在一篇言及年度小说的序文中讲到一个观点,小说是留给后来者的"考古学",

它面对的不是土层和古物，但发掘的工作更加艰巨，因为它面对的是一个民族的精神最深层的奥秘，作家这个田野考察者，交给我们的他的个人的报告，不啻是一份份关于民族心灵潜行的记录，而有一天，把这些"报告"收集起来的我们会发现，它是一份长长的报告，在报告的封面上应写着"一个民族的精神考古"。

一百年在人类历史上不过白驹过隙，何况是刚刚挣得名分的中篇小说文体——国际通用的是小说只有长、短篇之分，并无中篇的命名，而新文化运动伊始直至70年代早期，中篇小说的概念一直未得到强化，需要说明的是，这给我们今天的编选带来了困难，所以在新文学的现代部分以及当代部分的前半段，我们选取了篇幅较短篇稍长又不足长篇的小说，譬如鲁迅的《祝福》《孤独者》，它们的篇幅长度虽不及《阿Q正传》，但较之鲁迅自己的其他小说已是长的了。其他的现代时期作家的小说选取同理。所以在编选中我也曾想，命名"中篇小说名家经典"是否足以囊括，或者不如叫作"百年百人百部小说"，但如此称谓又是对短篇小说的掩埋和对长篇小说的漠视，还是点出

"中篇"为好。命名之事,本是予实之名,世间之事,也是先有实后有名,文学亦然。较之它所提供的人性含量而言,对之命名得是否妥帖则已显得不那么重要了。

值此新文化运动一百年之际,向这一百年来通过文学的表达探索民族深层精神的中国作家们致敬。因有你们的记述,这一百年留下的痕迹会有所不同。

感谢河南文艺出版社,感谢编辑们的敬业和坚持。在出版业不免受利益驱动的今天,他们的眼光和气魄有所不同。

2017 年 5 月 29 日　郑州

目录

知道了一切就原谅了一切。

　　　　　　　　　——英国谚语

一

　　旗袍垂挂在衣架上与我默默地对视。

　　已经是凌晨三点了，我仍没有睡意。台灯昏黄的光笼罩着书桌，窗外是呼呼的风，稿纸铺在桌上，几个小时了，那上面没有出现一个字，我的笔端凝结着滞重，重得我的心也在朝下坠。我不知道手中这篇文章该怎样写，写下去会是什么……

　　精致的水绿滚边缎旗袍柔软的质地在灯光的映射下泛出幽幽的暗彩，闪烁而流动，溢出无限轻柔，让人想起轻云薄遮、碎如残雪的月光来。旗袍是那种二十世纪四十年代末北平流行的低领连袖圆摆旗袍，古朴典雅，清丽流畅，与现今时兴的、与服务小姐们身上多见的上袖大开衩旗袍有着天壤之别。

其实，这件旗袍的诞生不过是昨日的事情，与那四十年代、与那悠远的北平全没有关系，它出自一位叫作张顺针的老裁缝之手。老裁缝今年六十六了，六十六岁老眼昏花的裁缝用自己的心缝制出的这件旗袍自然是无可挑剔的上品，是他五十年裁缝生涯的精华集结，是一曲悠长慢板结尾的响亮高腔。

这一切都送给了我。

这是我的荣幸和造化。

今天下午，他让他的儿子把衣服送了过来。他的儿子是有名的服装设计师，是道出名来就让人如雷贯耳的人物。如雷贯耳的人物来到我这即将拆迁的寒酸院落难免有着纡尊降贵的委屈，有着勉为其难的被动。从他那淡漠的表情、那极为刻薄的言语中我感到了彼此的距离，感到了被俯视的不自在。

他的儿子将衣服搁在我的床上时说，你这件旗袍让我们家老爷子费了忒大功夫，真不明白你是用什么招数打动他的。我听清楚了，他的儿子跟我说话的时候用的是你，而不是您。这让我反感，让我有种说不出的厌恶！

那儿子说，我父亲已经有两年多没摸针了，他有青光眼你知道不？你们这些人，往往为了自个儿的漂亮，不惜损害别人的健康，自私极了。

我看了那儿子一眼，将衣服包默默地打开，旗袍水一样地滑落出来，我为它的质地、色彩、做工而震惊。

绝品！

那儿子不甘地说，你给了我们家老爷子多少工钱？

我用眼睛直视着那儿子，实在是懒得理他。那儿子见了我这模样，说，我知道我们家老爷子又上了一回当。

我说，多少钱，你回家问问你的父亲吧！

那儿子已经走到门口，出门前回过身来郑重地说道：奉劝您一句，以后您再不要上我们家了，我父亲不是干活收钱、摆摊挂牌的小裁缝，就为您这件袍子，看来我还得买房搬趟家。

这回来人终于用了"您"，但这个"您"字里边，有着显而易见的挖苦和讽刺，噎得人喘不过气来。

门"砰"的一声关上了，听着气愤的远去的脚步声，我想，谁能相信这就是在电视上常露脸的名设计师，镜头前的那高贵、那矜持、那艺术、那清雅都到哪里去了？一旦伪装的面纱撕下，他也不过就是街上挂牌摆摊的小裁缝，那一脸的小家子气模样，甚至连小裁缝都不如。一个人的艺术水平到了一定境界以后拼的是文化积累、人格锤炼和道德修养，我料定此君的艺术前程也就到此为止了，他绝做不出他父亲这样的旗袍。

旗袍在衣架上与我默默地对视。

那剪裁是增之一分太阔、减之一分太狭的恰如其分。其实老裁缝只是用眼神不济的目光淡淡地瞄了我一眼，并没有说给我做衣服，也没有给我量体，而只那一眼便将一切深深地印在心底了，像熟悉他自己一样地熟悉我，这一切令我感动。

顺针——舜针。

我的六兄，谢家的六儿。

本该是一个人的两个人。

二

在金家的大宅院里，父亲有过一个叫作舜针的儿子，那个孩子在我的众多兄弟中排行为六，出自我的第二个母亲，安徽桐城的张氏。 据说这个老六生时便与众不同，横出、胎衣蔽体，只这便险些要了张氏母亲的命，使他的母亲从此元气大伤，一蹶不振。 这也还罢了，更奇的是他头上生角，左右一边一个，就如那鹿的犄角一般。 我小时问过父亲，老六头上的犄角究竟有多大？ 父亲说，枝枝杈杈有二尺多高。我说，那不跟龙一样吗，不知老六身上有没有鳞。 父亲说老六没有鳞，有癣，浑身永远地瘙痒难耐，一层一层地脱皮。我说那其实就是龙了，龙跟蛇一样，也是要蜕皮的，要不它长不大。 父亲说，童言无忌，以后再不许出去胡说，你溥大爷还活着，让他知道了你这是犯上……父亲说的"溥大爷"指的是已经被关押在国外的溥仪，尽管他早已不是皇上了，父亲对他还是充满了敬畏，明明溥仪比父亲辈分还低，年龄还小，父亲仍是将他称为"溥大爷"。 皇上是真龙，我们要再出一条龙那就是篡位造反，犯忌！ 所以，我们家的老六真就是龙，也不能说他是龙。

于是，我将有角的老六想得非常奇特，想象他顶着一双怎样的大犄角在院子里走来走去，想象他怎样痛苦地蜕皮，那角是不断地长，那皮是不停地蜕，总之，那该是一件很有意思的事情。

有一天，我在床上跟我的母亲探讨老六睡觉是不是像蟒一样地盘在炕上这一问题，我认为老六是应该盘着睡而不是像我一样在被窝里伸得直直地睡。 母亲说，你怎么知道老六不是直直的？ 我说，大凡长虫一类，只要一伸直就是死了。咱家槐树上的"吊死鬼"被我捉在手里，从来都是翻卷着挣扎，跟蛇一样的，拿我阿玛的放大镜在太阳下头一照，吱的一声，那虫儿就焦了，就挺了，挺了就是死了。 母亲听了将我一下推得老远，说难怪我身上老有一股焦臭的腥味儿，让人恶心极了。 我说，您搂着我还嫌恶心，我到底还是一个小丫丫，我二娘搂着老六都没嫌恶心，老六可是一条长癣的癞龙，那精湿溜滑的龙味想必不会比槐树上的"吊死鬼"好闻。 母亲还是不想靠近我，于是我就用头去抵母亲，企望我的脑袋上也能长出一对美丽的、梅花鹿角一样的犄角。 母亲闪过我那乱糟糟的脑袋说其实老六头上并没有我想象中的大角，只不过他的头顶骨有两个突起的核罢了，摸起来像两个未钻出的犄角，就是到死，也未见那两个犄角长出来。 我愣了半晌，对"未长出的犄角"很遗憾，想象老六要是再多活几年，长到我父亲那般年纪，一定能生出很不错的角来。 人和鹿是一样的，小鹿是不生角的，鹿到了成年才会生出犄角，西城沁贝勒家园子里养的鹿就是如此。

我们家有关老六的话题虽然不多但都很精彩，传说老六落生时眼目大开，哭声深沉，遍身黑鳞，异相昭著。 他是在偏院的北屋降生的，说是生时浓云密布，雷声轰隆，众人在其生母的昏厥中惴惴不安，不知这驾着雷霆而来的麟儿，预示着这个家族的何种命运。 我们家舅姥爷私下说，看这天相，料所来的不是个等闲人物。 金家是天皇贵胄，龙脉相延，该是不错的，然龙生九子，九子各异，其中必定有一个是孽种，但愿不要应在了这个老六身上。

老六身上的那层鳞苦苦折磨着他，使他痛苦不堪，需时时地将他浸泡在水盆里才能使他安静下来。 听说那鳞乌黑发亮，有花纹斑点，时常成片脱落，很是吓人。 二娘抱着老六去医院看过，老六这身皮把那些护士吓得躲得远远的，不敢近前。 医院给开了不少药水，抹了只是杀得疼，根本不管用。 舅姥爷说，不必治了，凡有成勋长誉者，必附以怪异。我父与曾国藩曾文正公同朝共事，知那文正公也是终身癣疥如蛇附，每天用双手抓挠，必脱下一把皮屑，这实则是贵人之相。

老六两岁的时候，有一天白云观的武老道来我们家找父亲聊天，父亲着人将老六抱出来让老道看。 老六一见老道，立时在老妈子身上翻滚打挺，大哭不止，一刻也不能消停。武老道拈着胡子坐在太师椅上冷冷地看，一口一口地喝茶，并不理睬闹得地覆天翻的老六。 父亲只好让人把哭泣的老六抱走，那一路哭声直响到后院深处，许久不能止。 父亲请老道对孩子的未来给予提示，老道说，四爷的茶很好，是上等的君山银毫……

武老道在京城不是寻常人物，据云能过阴阳，通声气，更兼有点金之术，奔走者争集其门。 武老道论命相堪称奇验，京师某王爷曾微服请相，所示为光绪和宣统的八字，武老道看过后说，先者论命当穷饿以终，后者则有破家之祸。众人皆服。 今老道对老六的前程既不肯点明，父亲也不便多问，愈发觉得六儿子的神秘不可测。 老道喝透了茶，才款款说道，令公子有胎衣包养，生虽有惊而命大，日主有火，盛则足智多谋，欠则懦弱胆怯，大畏财旺，若生在贫贱之家当贵不可言。 父亲问如今生在金家又当如何，老道说，水一、火二、木三、金四、土五，戊见甲，当在三、八岁。 父亲问三、八岁当怎样，老道说，四爷这茶没味儿了……

事后父亲将武老道的话学给老六的母亲听，二娘说，一个孩子家，三、八岁能怎么样呢？ 咱们的六儿眼瞅着虚岁过了三周，也没见有什么不好，他一个花老道，故弄玄虚地瞎说罢了。 父亲说，还是要留神些才好。 二娘说，留神自要留神，家里的孩子们咱们哪个又不留神了，只是不要看得太神圣娇贵了才好。 小孩子得中和才能健康成长，旺不得也弱不得，旺则不能任，弱则不能禁，只待至十五成人，才可以分别贵贱，现在抱在怀里就论程前程实实的是有些荒诞了。

话是这样说，但父亲对这个生有异禀的儿子仍是情有独钟，常常将老六抱在膝上，抚弄着他那一对硬硬的角说些"当今之世，舍我其谁"的屁话。彼时，家中的老七舜铨已经出世，而父亲对他那个弱得像猫一样的七儿子是连看也不看的。

老六不负父望，果然生得聪慧伶俐，讨人喜欢，特别是那对角更是提神，不知被多少好奇的人摸过。亲戚朋友谁都知道，金家养了一条龙。那时虽已进入了民国，可在那些前清遗老遗少的心目中，何尝不盼着北京东城金家的宅院再像醇王府一样，成为又一座潜龙邸。

老六进出都随着父亲，他可以跟着父亲吃小灶，食物的精美远远超过了他兄弟姐妹们的淡饭粗茶。他还可以坐父亲的马车，并且也要永远地一个人占据正座，让父亲打偏。他一个小人儿，坐在车上的威严神气，让所有的人看了吃惊，似乎他早已就这样坐过，连父亲也显得暗淡无光，形容惭愧了。

于是就有了舜针是德宗转世再生的说法，神乎其神，跟真的似的。

对此，父亲不予解释，在他的心里大概乐于人们这样说道。他的讳莫如深的态度无疑是一种变相的推波助澜，在他的默认下，老六不是龙也变成了龙。

持坚决反对观点的是二娘，她不允许人们这样糟蹋她的儿子。她说儿子就是儿子，他还是个未成年的孩子，你们不要毁他。二娘是汉人，对一个汉族小老婆的话，人们尽可不听，娘们儿家就知道傻疼孩子，懂个屁。

就这样，我们的老六有了不少干爹干妈，谁都希望能沾点龙的光。在龙还没有腾起来的时候他们是爹和妈，一旦真龙成了气候，封王封侯，那简单的爹妈岂能打发得了？未雨绸缪是必要的，临渴掘井是傻瓜干的事情，早期的投资是精明远见的体现。很难说在老六那些"爹""妈"的思维中，没有今日期货买卖的成分在其中。

"爹""妈"们送的钱财、物件大概够老六吃一辈子的。

玉软香温、锦衣玉食中的老六，因了他的相貌，因了众人的推崇惯纵，在金家变得格涩而乖戾，落落寡欢地不合群，这使他的母亲时时处在哀愁之中。她虽然不相信武老道的胡诌，却牢牢记着：这孩子应该"生在贫贱之家"的断语。这个断语在她的心里是个时刻挥不去的阴影，她总预感到要有什么不祥的事情发生……

民国十年，我们的父亲漂洋过海去周游列国，北京城留下他的三个妻子和子女们。对于父亲的远游，金家人谁也不以为然，因为这个家里有他没他是一切照常的。父亲在我们家里从本质来说就是个尊贵的客人，不理财、不拿事，他所熟悉的就是吃喝、会友，起着门面的作用。父亲走了，孩子们在某种程度上得到了放松，是件求之不得的好事。

感到失落的是老六，失了依赖的老六有种终身无托的恐惧和孤独，他的心只系着父亲，没有别人。每每父亲来信，信中所关注的也只有老六，仿佛他的其他儿子都是无足轻重的陪衬。当然，儿子们对父亲的来信也从来不闻不问。老六则不然，老六要让他的母亲把父亲的信一遍一遍地读，不厌其烦地听得很认真。这使人感到，老六与父亲的关系在父子之外又添加了某种说不清的情愫，不能细想，细想让人害怕。

春天的一个上午，天气晴好，金家的孩子们要在看门的老张的带领下到齐化门外东大桥去放风筝。孩子们托着风筝，纠缠着线绳，你喊我叫，闹哄哄打狼似的拥出了二门。出门时被站在台阶上的二娘叫住了，二娘由屋里拽出了满脸不痛快的老六，将他推进孩子群中，让他和大家一块儿去放风筝。老六不想去，转过身就往屋里走，被矮他一头的老七一把拉住，老七刚封上开裆裤没有两年，却小大人儿似的很能体恤人。老七说，六哥别走，我带着你。二娘说，让小的说出这样的话来，老六你羞不羞？老六低头不语，二娘说，到野地去，让风吹吹，把一身懒筋抻抻，是件再好不过的事了，你怎的还不愿去？说着二娘向老张使了个眼色，老张就将一个沙燕风筝塞给老六，连推带搡地护着金家的小爷儿们出了门，奔东而去。

二娘在廊下深深地叹了口气。

依着二娘的意思是有意将老六混在金家的哥儿们中间摔

打摔打，目前她的这个儿子过于细腻软弱了。 这不是金家人的性情，也不是她的愿望。 在她的思想深处，很怕真应了老六是德宗转世的说法。 她嘴上说不信，心里也难免不在打鼓，把她的儿子和那个窝囊又悲惨的光绪皇帝连在一起，她这个做母亲的何以能心甘情愿！ 为此她希望她的儿子能粗糙一些，能随和一些，能平平安安地长大成人。 她没有给人说过，夜深人静之时，她常常用手使劲地按压老六头上那两个突起的部位，她唯恐那两个地方会生长出什么意想不到的东西来。

那天，放风筝的一干人等热气腾腾地回来了，刘妈站在门口挥着个布掸子挨着个儿地拍打。 拍哪个，哪个的身上尘土冒烟，呛得刘妈捏着鼻子不敢喘气儿。 刘妈说，这哪儿是去放风筝，明明是去拉套了，瞧瞧这一身的臭汗，夹袄都湿透了。 末了，刘妈拽过冻得直流清鼻涕、浑身瑟瑟发抖的老六，拍打了半天，没见一丝土星。 刘妈笑着说，敢情这是个坐车的，没出力。 老张说，这小子有点儿打蔫儿，那帮驴在河滩里疯跑，就他一个人在大桥桥头上傻坐着，喊也喊不下来。 刘妈摸了摸老六的脑袋说，有点儿烧，得给他再吃两丸至宝锭。

金家虽是大宅门，对孩子却是养得糙，从不娇惯，这大概也是从祖上沿袭下来的习惯。 金家的子弟是正儿八经的八旗子弟，老辈儿们崇尚的是武功，讲的是勇猛精进，志愿无倦。 到了我们的阿玛这儿还能舞双剑，拉硬弓，骑马撩跤。

祖辈的精神自然是希望千秋万代地传下来，不颓废，不走样，发扬光大直至永远。 这个历经征战，在铁马金戈中发展起来的家族，自然要求他的子弟也要勇武强壮，经得起风吹雨打。 所以，我们家的孩子们从小都很皮实，都有着顽强的忍耐力和吃苦精神。 谁有头疼脑热多是凭自己的体力硬扛，很少请过大夫。 遇有病情严重的，特殊的照顾只是一碗冲藕粉，病人喝了藕粉也就知道自己的病已经到了极点，再没有躺下去的必要，该好了。 下人刘妈充任着我们的保健医师的角色，刘妈带过的孩子多，经验丰富，她对小儿科疾病的治疗方法往往比医院的大夫还奏效。 我们每一个孩子出生后，都穿过她用老年下人们的旧衣裤改制的儿衣。 她认为，下贱才能健康，才能长寿，越是富贵家的孩子越应如此。 她还认为，有钱人家的父母都是锦衣玉食，所以生下的小孩子百分之百内火大，不泄火就要生事，就要出毛病。 为此，她天天早晨要给我们家的大小孩子吃至宝锭，一边喂一边念叨：至宝锭，至宝锭，吃了往下挺。

至宝锭的形状像大耗子屎一般，上面有银色的戳记，以同仁堂的为最佳。 同仁堂的至宝锭化成汤喝到最后有明显的朱砂，那是药的精华，刘妈必定要监视着我们将那个红珠珠一般的东西一点不剩地吞下去，还要将药盏舔净。 如没有红珠，刘妈就要向管事的发脾气，说他弄虚作假，买的不是同仁堂的正宗货。

放风筝回来的老六在刘妈的安排下吃了两丸至宝锭，晚饭也没吃就睡去了，半夜就发起高热，浑身烧得像火炭一般。 第二天，喝过了藕粉也没见退烧，人已经开始昏迷，说胡话，叽叽咕咕，如怨如诉，还哀哀地哭。 刘妈说，这孩子该不是撞克了什么，东大桥那儿是什么地方？ 那儿是北京城的刑场，是处决犯人的地方。 这个六儿他不比别的孩子，他太弱……二娘听了就让老张拎着两刀纸拿到东大桥烧了，想的是真有鬼魅，给些通融，让它且饶过我们家六儿。 纸烧过，并不见老六病情有所好转，反倒从喉咙里发出呼呼的声响。 二娘害怕了，让人请来胡同口中药铺坐堂的大夫为老六看病。 大夫看过后说老六寸脉洪而溢，君火与相火均旺，旺火遇冷风热结于喉，是为喉痹，民间又叫闹嗓子的便是，不是什么大病。 大夫开了当归、川芎、黄柏一类滋阴除火的方子，说煎两服吃下去就好了。

两服药吃下，老六并不见起色，咽喉症状继续加剧，常常喘不过气，憋得一张脸青紫，脖子的皮肤也被抓得鲜血淋淋。 家里先后又请了几个大夫，各样方法使了不少，老六的病只是一日重似一日。 二娘急得没办法，托人给在欧洲的父亲打电报，那人回来说联系不上，说那边朋友回电说，四爷上个月在法兰西，这个月又去了英吉利，漂漂泊泊毫无定踪，下半年能转回德意志也说不定。

老六病得在炕上抽搐、翻白眼。 二娘急得在屋里一圈圈转磨，如今是想灌藕粉也灌不下去了。

舅姥爷来家，二娘向舅姥爷求主意，舅姥爷见了老六摇头说怕是不好。 二娘说孩子阿玛不在家，无论如何也得舅姥爷做主，这是他阿玛最喜欢的一个，真有什么闪失怎么得了。 舅姥爷说，再喜欢也不行，死生有命，富贵在天，打针吃药，救得了病却救不了命，这都是有定数的。 二娘说，真就没办法了吗？ 舅姥爷说，容我算算看。 说罢摸出一大把麻钱儿，在桌上一把撒开，上为艮，下为坤，合而为剥卦。二娘也是懂得易经的人，一见这卦象脸就白了，眼泪扑簌簌往下直淌。 舅姥爷说，你也看见了，这是天意，老天爷要收他回去，谁也没办法，挡也挡不住。 二娘说，舅姥爷是高人，万望想个变通的法子，救孩子一命。 舅姥爷说我有什么法子，你看这卦，艮为山为止，坤为地为顺，顺从而止，上实下空，是困顿危厄之象。 从卦上看，鬼在本宫，外方得病，更在上三爻，必是外感风邪。 外官也有暗鬼，伺机而动，上下有鬼，内伤兼外感，是为杂症。 鬼动卦中，药力也难扶持，虽良医也不能救。 天行也，有生有灭乃自然的法则，谁也违背不了的。

　　舅姥爷说得没错，那天没过半夜，老六就被那二鬼夹持着奔了黄泉之路。

　　老六生生是被憋死的，临死前，他在炕上辗转反侧，怪声号啕，整如一条喝了雄黄的大长虫，几个人也按捺不住。那时金家的孩子们个个敛声屏气，缩在自己的房内不敢出来，静听着偏院里发出的长一声短一声的哀号。 老六折腾到夜里，渐渐地没了气息，挺了。 直到偏院传出信说，六少爷走了，大伙才长长地松了一口气，有种如释重负的感觉，好像金家宅门里没有老六才是正常的。

二娘抚着僵了的老六尸身哇哇大哭，说了许多没法儿向孩子父亲交代的话，大家劝也劝不住。第二天，二娘让老张去白云观请武道长派几个道士过来做法事。老张去了又回来了，说老道没派来道士，却让带回一张画得花里胡哨的符，让贴在偏院的门口。老张传达老道的话说，什么法事也不要做，金家这个老六从根上来说就不是什么正经东西。老道没有道破他的来龙去脉就已经是很给他面子了，让他知趣一点儿，赶快上他该去的地方，别再祸害人了。亲戚们此时谁也不再说什么"贵人自有天相"的话了。舅姥爷说，一个未成年的孩子，没落住终不能算这个家里的人，给他一副薄棺材高低葬了就是，也算他没白到世上走了一遭。

那副寒碜的白皮棺材抬进院来的时候，二娘见了几乎心疼得昏了过去。她说从没见过这么破烂穷酸的棺材，连漆也不上一道，用这样的棺材来装殓她的儿子，让她何以心安！我母亲也说，这棺材太差了点儿，装街上冻饿而死的倒还差不多，装金枝玉叶的哥儿忒不合适，与金家的身份也不相称。二娘让管事的去换，被刘妈拦了，刘妈说，太太糊涂了，哪儿有空棺材抬进又抬出的道理。舅姥爷的主意没错，太太忘了哥儿"应该长在贫贱之家"的话吗，命中注定就是命中注定的。还哥儿一个舒坦自在吧，让他顺顺当当地托生，比什么都好。

二娘不再坚持，眼瞅着四个杠夫抬着那口薄棺材吱吱扭扭地出了门。

老六死的那年是八岁，他没能过了阴历冬月初十他的九岁生日。

应了武老道"三、八岁"的预言，父亲当年还问过人家三、八岁当怎样，当怎样呢，就当这样，老道没有直着说罢了，天机不可泄露。

以现在的观点来看，我们家老六的死因当是白喉，是白喉杆菌引起的一种传染病。搁今天，配以抗生素治疗绝不致引起死亡，就是到了老六最终的窒息阶段，只需将气管切开也不是没救。可在七十多年前，医疗条件有限，老六就那么匆匆忙忙、稀里糊涂地走了，想来让人遗憾。

最遗憾的是我的父亲。据我母亲说，父亲从国外回来以后知道了老六的事情大病了一场。经过那场病，父亲的头发全部脱光，终日迷茫恍惚，走路打晃，得两个人架着才能从屋里北炕走到南炕。对父亲这场很著名的病，北京的小报上有过报道，说他老人家因为失子悲伤过甚，得了伤寒。我后来想，伤寒的确是个很可怕的传染病，它是由伤寒杆菌传染的，跟老六怕没有什么直接联系，那时候的人把伤寒跟老六挂在一块儿，实在是有些不伦不类了。

三

我在这个家里长成一个混沌的小丫头的时候，二十多年已经过去，就是我们家最小的男孩老七舜铨，也进入了青壮年的行列，成了京师名画家。随着时间的消磨，人们对老六的传说已经淡而又淡了，金家已经没有几个人还记得那个忧郁的、早逝的男孩儿。

偏偏我是个爱幻想的孩子，在孩童时候，想象在我的生活中占了很大成分，我常想的人物就是那个神奇的、半人半龙的老六。他和母亲给我说的老马猴子，和大家时常谈论的院里的狐仙，和我所向往的一切神神怪怪一起，活跃在我的精神生活中，成为不可分割的一部分。

有一回，父亲领着我去一个叫作"桥儿胡同"的所在，以我粗通文字的水平，已经能认出胡同口墙上的蓝色搪瓷标牌，是"雀儿胡同"，不是"桥儿胡同"。而父亲偏说是"桥儿胡同"，让我回家对母亲也务必要说是"桥儿"，不能说是"雀儿"，否则以后就再不带我出来遛弯儿。在北京人的发音中，"桥儿"和"雀儿"实在没有什么不同，前者是二声，后者是三声，往往说快了就"桥""雀"不分了。但父亲则嘱咐我一定要将两个字分清楚，万不可弄含混了。

父亲去桥儿胡同没坐他那辆马车，他坐的是三轮。我坐在父亲身边，听着身底下链条的啦啦响声，从小洞里看着车夫一弯一弯的背影，只感到困倦，想睡觉。父亲拍着我的肩说，别睡啊，留神着凉。我唔了一声，并没有多少清醒。父亲说，马上就到你谢娘家了，你要听话，别淘，跟你六哥好好玩儿。我问哪个六哥……父亲说当然就是那个长犄角的六哥，还能有谁！我听了一激灵，困意全消，我说，真是咱们家的老六吗？父亲说，当然。

胡同很小，没有雀也没有桥，只有一堆堆的烂布，臭气熏天地堆在各家的房前、门口，让人恶心。事后我才知道，这些破布都是从脏土堆捡来的，洗净晾晒干了，用糨子打成袼褙，卖给做鞋的鞋场。一块袼褙能卖八大枚，八大枚能买一斤杂面。这片地面，家家都打袼褙，家家都吃杂面汤，成了"桥儿"的一道风景。

父亲领着我来到一个略微干净的小院里，院里北房三间，东房塌了，南面是一溜儿墙，有棵歪斜的枣树，死眉瞪眼地戳在那里。树底下有个半大小子在撕铺陈（铺陈，老北京话，是指破烂的布头，或制作衣物的下脚料），往板子上抹糨子，将那些烂布一块块贴上去。墙下一排打好的袼褙，在太阳的照耀下反射着亮光，冒着腾腾的水汽，显得很有点儿朝气蓬勃。

小子见我们进来了，头也没抬，一双粘满了糨子的手，依旧灵巧地在那块板上抹来抹去，没受到丝毫影响。

父亲叫了一声六儿，半大小子"嗯哪"了一声，没有显出热情。

这时，从北屋里闪出个四十岁左右的白净妇人来，脑后挽了个元宝鬏，穿了件蓝夹袄，打着黑绑腿带，一双蓝底蓝花的绣花鞋，浑身上下透着那么干净利落，透着那么精神。

父亲让我管她叫谢娘，我叫了，谢娘把我揽在怀里，夸我是个懂事的丫儿。谢娘身上有股好闻的胰子味儿，跟我母亲身上的"双妹"牌花露水绝不相同；相比较，还是这胰子味儿显得更平淡，更家常，更随和一些。我喜欢这种味道。

我们被谢娘让进屋里，屋里跟谢娘一样，收拾得一尘不染。炕上铺着白毡子，被卧垛垛得整整齐齐，八仙桌上有座钟，墙上有美人画，茶壶茶碗虽是粗瓷，也擦抹得亮晶晶的，东西归置得很是地方，摆设安置得也很到位。

谢娘是个很能干的人。

从谢娘和父亲的谈话中我了解到，她对我们家里的情况相当熟悉，对我几个母亲的情况也是了如指掌的。我还听出来了，谢家搬到这儿的时间并不长，是父亲给找的房，谢娘还跟我父亲商量要把塌了的东厢房盖起来，说六儿大了，该有他自己的屋子了。谢娘说这些的时候，完全是把父亲当作了这家的主人，那份柔情、那份依赖和她对父亲的那份神态，是我几个母亲都没有的。

父亲很舒坦地喝着一种叫作"高末儿"的茶，所谓的"高末儿"，就是茶叶铺将卖剩的各类茶的渣子归拢在一起，一种极便宜的茶。父亲喝着这种茶，和谢娘说着话，所谈均离不开柴米油盐，离不开东家长西家短。父亲对这院房，对谢家的投入精神令我吃惊。在我的眼中，这完全是另一个父亲，一个陌生的、我从不了解的父亲。在金家，谁都知道父亲是个不管不顾的大爷，他搞不清我们院有几间房，搞不清他到底有多少财产，更搞不清他十四个孩子的排列顺序和生日。人们说四爷真是出世的散仙，洒脱得可以，言外之意是"四爷真是糊涂得可以"。

"糊涂"的父亲索性以糊涂装糊涂，很充分地利用了"大智若愚"这个词儿。

见我很注意他们的谈话，谢娘显得有些不自在了。她将院里的半大小子喊进来，推到父亲跟前，让那小子管父亲叫"四爹"！

小子很不情愿地看了他妈一眼，嘴唇动了动，终没张嘴。

谢娘说，叫呀，没你四爹能有这个家吗？

那小子被逼不过，闷声闷气地迸出一个"四爹"来，连我也听得出，这个"四爹"叫得勉强极了，被动极了，很大程度他是冲着他的母亲叫的。我毕竟年纪小，对这个"爹"的含义相当的模糊，在我们家里，没有人管父亲叫爹，我们都叫阿玛，现在桥儿胡同有人管父亲叫"四爹"，我只是觉得新奇。

被叫了四爹的父亲很激动，他把那个叫作六儿的小子拉到跟前，很动情地细细打量着。我敢说，我的父亲看我们中的任何一个人都没有用过这种眼光，都没有透出过这种温情，单单在这个莫名其妙的小子身上，流露出了这么多的爱，让人不能不嫉妒了。

父亲让我管他叫六哥。

我说，我得摸摸他的那两只角！

父亲就让六儿弯下身来让我摸，六儿低下头的时候狠狠地瞪了我一眼，我才不管他高兴不高兴，一双巴掌毫不犹豫地伸向了那个长得并不周正的脑袋。

在粗硬的头发中间，我摸到了一左一右两个突起，尖而硬，有半拉枣那么大。我很兴奋，用手捏着那两个硬疙瘩使劲地掐，六儿很粗鲁地用胳膊把我搪开了。我恼了，我说明明还没有摸好，他就这样，这次不算，我得重摸！

谢娘嗔怪六儿不懂事，说小格格要摸你就让她摸摸怎的了，也摸不坏。又说六儿扎煞着一双糨子手，也不洗干净了就进来，一股馊臭的味道，留神把格格熏坏了。谢娘说这些话的时候，六儿就愣愣地站着，一副傻相。谢娘对父亲说，不让他打袼褙，他偏要打，拦也拦不住，这都是受了近处街坊的影响，跟着什么就学什么。父亲说，近朱者赤，近墨者黑，还是得念书。不学诗，无以言；不学礼，无以立。学而优则仕，要想将来能出人头地，学问是第一的。说罢，让谢娘明日打听附近有没有什么像样的学校，送他去念书。

六儿说，我不念书。

谢娘说，你这叫不识抬举！

六儿说，我不让人抬举。

谢娘说，是你四爹让你念的，你四爹能害你！

六儿不说话了。

谢娘让我继续摸六儿头上的两只角，我说不想摸了。

我对六儿脑袋上的两个硬包已经失去了兴趣。

父亲打发我和六儿出去玩儿，谢娘让六儿带我到小摊上买些酸枣面、铁蚕豆什么的零食。特意嘱咐他，别让街上那些野孩子欺负我。

六儿站在原地没听见一般，谢娘塞给他几张小票子，推了他一把。六儿说摆小摊的今天没出来，谢娘说出来了，她早晨看见了摆摊的老赵跟他媳妇推着车过去了。

我说我要吃酸枣面。

谢娘对六儿说，你就带小格格去看看，当哥哥就得有当哥哥的样，都这么大了，怎的还这么不懂事！

六儿用眼翻了翻我的父亲，父亲冲他温和地笑着，六儿一梗脖子，推开门出去了。

我跟着六儿出了北屋，他并没有带我去买酸枣面的意思，依旧蹲在南墙根打他的袼褙，连看也不看我一眼。我向往着那酸枣面和铁蚕豆，心里就对他充满怨恨，一个又臭又穷的烂小子，有什么了不起呢？就是我们家的小巴儿狗也比他懂事，比他会讨人喜欢。

呸！我狠狠地往地上啐了一口。

他没理我，将一块块破布抹平整了，贴在抹了糨糊的板子上，一层又一层。

北屋的窗帘拉上了。

六儿的脸更阴了，他把手里的糨糊摔得啪啪响。

我想看看父亲和那个谢娘在窗帘的遮挡下在做什么。孩子的好奇心驱使着我，我悄悄向那窗户迁回过去。

就在我刚刚贴近窗户，把舌头伸出来，要舔那窗户纸的时候，我的辫子被人揪住了。一双黏糊糊的手，毫不留情地拽着我的小辫，直把我拉到南墙根。我疼得龇牙咧嘴，对脸色铁青的六儿喊道：你要干吗？

六儿压低声音恶狠狠一字一顿地说：我、要、操、你、妈！

在金家，没有人对我说过这样的话，也没有人对我有过这样憎恶的态度，这些令我惊奇。特别对"操你妈"意思的理解，作为一个大宅门里的小丫丫来说还十分欠缺。我说，我有三个妈，你操哪个？

六儿说，我都操！

从他那猥亵无耻的神态里，我推断出这不是一句好话，就一脚踢翻了他的糨子盆，将那些没有眉眼的破布扬得满院都是。发脾气是大宅门孩子的专利，我们家的孩子不会"操你妈"，但我们家的孩子都会发脾气，我们要发起脾气来，能让天塌下来。

我呼呼地喘着气，掀倒了晾在墙根的所有袼褙，我在那些袼褙上使劲儿踩，又把那棵树踹得哗哗响。六儿叉着腰，冷冷地看着我在院里折腾。当我掂起半块砖，准备向着北屋的玻璃砸过去的时候，六儿过来干涉了。他拧住了我的胳膊，把我的手使劲往后背。砖是扔不出去了，我伸出空着的手，冲着六儿那张讨厌的脸，自上而下，狠狠地来了一下子，立时，那张脸花狸虎般，出现了几道血印儿。六儿不吱声，提着我的脖领子将我拎出大街门……

父亲和谢娘走出北屋的时候，我已经安静地坐在树底下剥铁蚕豆了。谢娘看着六儿脸上的伤问是怎么了，六儿没言语。

我说是我抓的。

父亲看着洒了一地的糨子说，你这个丫儿又犯浑了，这儿可不是你闹腾的地方。谢娘说，小格格倒是憨直得可爱，是我们六儿太古怪了。父亲指着我对谢娘说，你不知道这孩子的脾气，跟王八一样拗。家里任谁都惯她，采纳惹不起躲得起的态度。不过我有时还真爱看这丫头犯浑的样子，熊崽子似的。

谢娘听了就笑。

谢娘笑的时候，从腋下抽出一块手绢，用它来捂着嘴，那张脸就只留下两个弯弯的细眼睛，很好看，她的这副模样让我想起了蹦蹦戏"小老妈在上房打扫尘土"里的小老妈。

那天我们在谢家吃的是炸酱面，跟我们家的香蘑菇小鸽子肉炸酱不同，谢家的酱是用虾米皮炸的，面码儿是一碟萝卜丝、一碟煮黄豆。面是杂面，捞在碗里有一股淡淡的豆香，勾得人馋虫往上翻。六儿捞了一大碗面蹲在一边去吃了，他不跟我们一起坐，大约是觉得拘束。 我看见六儿从缸盖上头揪了一大头蒜，很细心地剥了丢在碗里，白胖胖的蒜瓣晶亮圆润，在面的搅拌下上下翻动，在六儿的嘴里发出嚓嚓的声响……

我说我也要吃蒜。

谢娘剥了几瓣给我，说这是京东的紫皮蒜，是她留着做腊八蒜用的，留神别把我辣着。 我们家也吃蒜，都是厨子老王用小钵将蒜砸了，刮在青瓷小碟里，润上小磨香油，远远地搁在桌角，谁要吃，拿过来用筷子点那么一下就行了，没见有谁捏着蒜瓣张着大嘴咬的。

我也学着六儿的样子狠狠地咬了口蒜，不管不顾地大嚼起来。 没嚼两下，一股辣气直冲头顶，连眼泪也下来了，一张嘴已经分明不属于我，谢娘和父亲慌得丢下手里的饭来照顾我这张嘴。 在泪眼蒙眬中，我看见六儿蹲在门边低着头无动于衷照旧吃他的面，看他那冷漠神情，我恨不得再在那张脸上抓一把。

又吃了面，又喝了水，总算将那轰轰烈烈的辣压了下去。 谢娘要将剩下的蒜拿走，我说，别拿，我还要吃。 谢娘说，你不怕辣呀？ 我看了一眼六儿说，不怕。 父亲说，我说这孩子拗，她就是拗。 瞧，她的王八劲儿又上来了。

蒜的香是无法抗拒的，特别是那辣，更具备了一种挑战的魅力。 吃过了这样的蒜，我才知道，我们家饭桌上那碟里的物件简直不能叫作蒜。 炸酱面我吃过不少，却从来没有吃得这么酣畅淋漓、荡气回肠过。 谢家的炸酱面是勾魂的炸酱面。

走的时候父亲将一卷钱塞给谢娘，谢娘死活不要。 我和六儿站在一边看着他们推让，我觉得他们俩的动作很像一出叫《锯大缸》的小戏。 六儿大概没有这样的感觉，他咬牙切齿地靠在门框上运气。 后来父亲把钱搁在桌上说，眼瞅着就立冬了，你得多备点儿劈柴和硬煤，给六儿添件棉袍，买双棉窝，别把脚冻了。

六儿插言道，我冻不死。

谢娘狠狠瞪了六儿一眼，六儿一摔门出去了。

谢娘最终当然留下了父亲的钱。

带着满嘴的蒜味儿，我跟着父亲坐车回家了。 在车上，父亲对我说，回家你娘要问你吃了什么，你千万别说炸酱面。 我说，不说炸酱面说什么呢？ 父亲说，你就说在隆福寺后头吃的灌肠。 父亲又说，也别提桥儿胡同这家人，省得你娘犯病。 我说我绝不会提，我提他们干什么。 父亲说，这就对了，要是这样，以后我就常带你出去玩儿，你想上哪儿咱们就上哪儿。 想及六儿的嘴脸，我对父亲说，谢家这个六儿不是东西，他比咱们家的老六差远了。 父亲说，你怎说他不是老六，他就是咱们家的老六托生来的，你没看他的眉眼、神态、性情跟咱的老六整整是一个模子刻出来的，不差分毫。 他也有角，比老六强的是他生在了贫贱之家，占了个好生日，咱们家那个死了的老六不傻，他是算计好了日子才托出来的。 我问六儿的生日怎的好。 父亲说，他是二月二呀，是龙抬头的日子，龙春分而升天，秋分而入川，这是顺。 咱家的老六，生在冬月，时候不对，他不弯回去等什么？

这个六儿是我们家老六托生来的，他与老六是一个人，这事让我不能接受。

我问父亲，六儿也是您的孩子吗？

父亲说，你说呢？

我说不知道。

父亲说，我也不知道。

那天回家，母亲在二门里接了我和父亲，母亲嗔怪父亲带着孩子一走走一天，让她在家里惦记。 父亲只是用掸子掸土，不说话。 刘妈摸着我的辫子说，我的小姑奶奶，您哪儿弄来这一脑袋糨子呀？ 我说是六儿抓的。 母亲问六儿是谁，没等我张嘴，父亲接过来说，是东单裱画铺的学徒。 刘妈说，他一个裱画儿的，裱我们孩子的脑袋干什么，真是的。 母亲说，准是丫淘气了。 父亲说，让你说着了。

父亲说完冲着我笑了笑。 看父亲"演戏"，我觉得挺有意思。

四

以后我常和父亲到桥儿胡同谢家去。 谢家院里东房三间已经盖起来了，一抹青灰的小厦房，由六儿住着。树上的枣也结了，微小而丑陋，个个儿像是没长大就红了，急着赶着要去办什么事情似的。

我很快熟悉了我的角色，父亲之所以把他的隐秘毫无保留地袒露给我，是对我的信任，他把我当成了出门幌子，当成了障眼法。他带着我出去，我母亲能不放心吗！其实我母亲很傻，她就没想到我和父亲是穿一条裤子的，我早已被父亲收买，成了他的死党。

父亲收买我的条件也很低廉，几个糖豆大酸枣就封住了我的嘴。这使我从小就相信"吃人家的嘴短，拿人家的手短"这一放之四海而皆准的真理。

到谢家去的次数多了，慢慢地，我对他们的情况也多少有了些了解，谢家当家的叫谢子安，死了有些年头了。听说活着的时候做得一手好针线，是宫里内务府广储司衣作的裁缝匠。广储司衣作是司下属七作之一，七作是染、铜、银、绣、衣、花、皮，应承着皇宫内部和主要宗室的衣物首饰。慈禧时期衣作最繁盛，有匠役三百余人；到了溥仪的小朝廷，承职的也有二三十。我们家瓜尔佳母亲穿的蟒纹四爪命妇朝服，就是出自广储司的衣作。据我母亲说，谢子安本人是个很活络的人，聪明而善解人意。凭着别人不能比的手艺，他时常走动于大宅门之间，受到了宅门里夫人、小姐们的欢迎和喜爱。请谢子安做衣服的人都是有根有底的人家，图的是他做工的精致，名气大。当然，人们也不乏有想了解一点乾清门里的服装流向，诸如逊了位的皇上每天穿西装还是穿马褂，皇后衣服上的缘子兴的是什么花样，等等。随同谢子安出入大宅门的还有他的妻子，一个被大家称为谢娘的美丽小媳妇。谢子安之所以带着媳妇，是为了跟女眷打交道方便，避嫌。有做不过来的活计，谢娘也搭着手做。我父亲出门常穿的兜边镶着刚钻的外国缎一字襟坎肩和二蓝宁春绸夹袍，就是出自谢娘之手。相比之下，谢娘和家里的母亲们似乎更熟，往来也更密切。

是皇上被赶出紫禁城的前一年，宫里发生了这么一件事。

有一天早晨，天阴欲雪，北风正紧，溥仪的贴身太监伺候溥仪起床。因为变天，要将贴里的小衣换作绒布小褂。太监将衣服在烘炉上烤热了，将小褂趁热恭进，为缩在被窝里的溥仪穿上。溥仪将手伸进袖筒，被什么蜇了一样，呀的一声，猛然坐起。抽出胳膊一看，胳膊上已经划出了长长的一道血印儿。太监吓得立即翻检衣服，发现衣服的袖口别着一根缝衣针。这本是件微不足道的小事，搁溥仪这儿就成了了不得的大事。生性多疑的溥仪说这是有人刻意要谋害他，责令追查，严加惩办。追查的结果，就追到了裁缝谢子安的身上。算溥仪开恩，没要了谢子安的命，就这也受到鞭打一百、枷号一个月的惩罚。时值寒冬腊月、滴水成冰的天气，身受重伤的谢子安，在大牢里羞愤交加，没出十天就咽了气。

谢娘年纪轻轻就守了寡。 为了生计，照旧走动于大宅门之间，揽些针线活。 毕竟不如她丈夫手艺精湛，所承接的活计便渐渐有限；又因为丈夫横死，有人将此视为不吉，对她也就冷淡了许多。 她所能走动的人家，到最后也就剩下东城的两三家，我们家是其中之一。

我母亲们的衣服都是由谢娘承包的，谢娘给我的母亲们做活就住在我们家后园的小屋里，有时一住能住半年，因为我母亲们要做的衣服实在太多。 谢娘很懂得大宅门的规矩，在我们家做衣服的时候从来不出后园一步，也不跟我们家的男人搭讪，低眉敛目，只是一人飞针走线。 谁瞅着这个小媳妇都觉得怪可怜的，我母亲问过她有没有再往前走的想法，谢娘直摇头，眼圈也红了说，太太您再别替我往这儿想了，那死鬼才走，坟上的土还没干呢。 我母亲就不好再说什么了。

后来，谢娘到我们家来的次数逐渐减少，慢慢地竟变得杳无音信了。 母亲们说，多半是嫁了人，一个年轻小媳妇，怎能长期守着？ 能寻个人家儿终归是好事，没人再来做衣服就没人吧………

我跟父亲到谢家的时候谢娘已经不是什么小媳妇了，从相貌上看，她比我母亲还显老。 我想父亲之所以肯和她亲近，愿意到桥儿胡同来，大概图的就是谢娘的温馨可人，图的就是类似虾米皮炸酱这种小门小户的小日子，这种氛围是大宅门的爷儿们渴望享受又难以享受到的。 已经拥有三个妻子、十四个子女的父亲，还要将精力偷偷摸摸地倾泻在桥儿胡同这座小院里，倾泻在并不出色的谢娘和她那拧种般的儿子身上，究竟为了什么？ 这是我一直想不通的。

在金家什么心不操的父亲，在谢家却成了事无巨细都要管的当家人，连桌上的座钟打点不准，他都要认真给予纠正。 我看着他在谢家的窗台下，光着膀子挥汗如雨地帮着谢娘和泥、抹炉子，谢娘亲昵地替他摘掉脖颈上的头发，我就想，这人是我阿玛吗？ 是金家大院里那个威严肃整的阿玛吗？

但是父亲很快活。

谢娘也很快活。

我当然更快活。

父亲在回家的车里常摇头晃脑地对我念：一箪食，一瓢饮，在陋巷，人不堪其忧，回也不改其乐……我马上会接上一句：贤哉，回也。

父女相视一笑。

金家知道父亲这个秘密的还有厨子老王，他常常禀承父亲的旨意给谢家送东西。 老王是父亲的心腹，嘴很严，山东人，很讲义气。 老王在我跟前从来没提过谢家半个字。我、父亲和老王对谢家的关系，用后来很著名的样板戏上的一句词是"单线联系"。 能与某个人共同保守一个秘密是很刺激、很幸福的事情，那种心照不宣的感觉让我快乐，让我时时地处于兴奋状态。

谢家吸引我的另一个原因是那些袼褙。 打袼褙是件近似游戏的轻松活，首先要将那些烂布用水喷湿，第一层尽量挑选整块的，用水粘在板子上，以便将来干了好往下揭。 第二层才开始抹糊子，然后像拼七巧板一样，将那些颜色不一、形状纷杂的小布块儿往一起拼。 要拼得平整而恰到好处是件很不容易的事，往往要经过一番周密的思考和设计。 一张袼褙要打三层才算成功，这个过程是个很有意思的过程。 通过自己的手，将那一堆脏而烂的破布变成一块块硬展展的袼褙，揭下来一张张摞在屋里的炕上，最终变成一斤斤香喷喷的杂面，伴着大蒜瓣吃进肚里，想想真不可思议，神奇极了。

我对这个工作很着迷，开始是蹲在六儿跟前看他操作，后来是给他打下手，将布淋湿，将那些缝纫的布边撕去，后来慢慢从形状上挑选出合适的递给他，供他使用。 六儿对我的参与呈不合作态度，常常是我递过去一块，他却将它漫不经心地扔在一边，自己在烂布堆里重新翻找，另找出一块补上去。 开始我以为他是成心气我，渐渐地我窥出端倪，他是在挑选色彩。 也就是说，六儿不光要形状合适，还要色彩搭配，藏蓝对嫩粉，鹅黄配水绿，一些乱七八糟的破烂经六儿这一调整，就变得有了内容，有了变化，达到了一种出神入化的境界。

六儿的袼褙打得空前绝后。

六儿的书念得一塌糊涂。

六儿都十五了，还背不出"床前明月光"，他将"举头望明月，低头思故乡"永远地念成"举头望明月，低头撕裤裆"。父亲纠正了他几次，均改不过来，看来是有意为之。

谢娘从附近收揽些针线活，以维持家用。穷杂之地的针线活毕竟有限，加之谢娘的眼神已然不济，花得厉害，做不了细活了，所从事的也不过是为些拉车的、送煤的、赶脚的单身汉做些缝缝补补的简单活计或是给某家的老人做做装裹什么的，收入可想而知。谢家之所以还能经常吃到虾米皮炸酱面，这多与父亲的资助有关。至于这院房与父亲究竟有什么关联，我说不清楚。六儿拼命地打袼褙，其中难免有摆脱虾米皮炸酱面笼罩的成分。他要自立，他要挣脱出这难堪与尴尬，就必须苦苦地劳作，将希望寄托在那些袼褙上。

毕竟是能力有限，毕竟是太难了。他很无奈，焦急而忧郁，命运的安排是如此的残酷无情，这是他与我注定不能融洽相处、不能平等相待的原因。

我那时不懂，后来就懂了。

我老觉得我很聪明，但后来的事实证明我的聪明比起我的母亲差远了。

我身上常常出现的糨子嘎巴儿和那不甚好闻的气息引起了母亲的注意。一天我和母亲在老七舜铨房里，母亲摸着我那被糨糊粘得发亮的袖口说，又跟你阿玛去裱画了吗？我说是的。母亲问，都裱了些什么画呀，是不是老七画的那些啊？老七舜铨正在纸上画鸭子，他一边画一边说，我是不会把我的画拿出去让我阿玛糟蹋的，您看看丫丫身上的糨子，您闻闻这股馊臭的糨子味儿，料不是什么上档次的裱画铺。母亲说，你上回说的那个叫六儿的，他们家哥儿几个呀？ 我说哥儿一个。 母亲说，哥儿一个怎么会叫六儿呢？ 我说，因为他像咱们家的老六，他脑袋上也长了角。 舜铨突然停了画，惊奇地看着我，一脸严肃。 母亲问，那个六儿在哪儿住哇？ 我牢记着父亲的嘱咐，脸不变色心不跳地朗声答道：桥儿胡同。 我特别注意了"桥"的发音，让它尽量与"雀"远离。 母亲说，是雀儿胡同啊，那是在南城了。 我慌忙辩道，您猜错了，是桥儿不是雀儿。 母亲笑了笑说，上回你阿玛不是说六儿在东单吗，怎么又到了雀儿胡同呢？ 我急赤白脸地争辩道，是桥儿，不是雀儿！

我们家人都说老七傻，其实我比老七还傻，老七在旁边都听出破绽来了，直冲我瞪眼，我却还没心倒肺地嚷嚷什么桥儿、雀儿。 母亲不耐烦地挥挥手说，算了，你别跟我争了，我早看出来了，你是一只养不熟的白眼狼，我算是白疼你了。 我说，我怎么是白眼狼了，怎么是白眼狼了？

母亲叹了口气，神情黯然，歪过脸再不理我。 我还要跟母亲论理"白眼狼"的问题，老七从后头把我拦腰抱起，三步两步出了屋，我在老七身上踢打哭闹，让他把我送回母亲身边去。 老七舜铨不听，我就往他的袍子上抹了一把又一把鼻涕，唾了一口又一口唾沫，直到老七把我夹到后园亭子里，狠狠地撂在石头地上。

老七点着我的鼻子说，你胡说了些什么！我说，我怎胡说了，我什么也没说。老七说，你个缺心眼子的二百五，你还嫌这个家里不乱吗！老七说"家里乱"是有原因的，不久前，他的媳妇柳四咪刚跟着我们家的老大金舜钻跑了，他心里烦，气儿不顺。我说，你媳妇跟着老大跑了，你去找老大呀，挟持我干什么！老七听了我这话气得脸也白了，嘴唇直哆嗦，说不出一句话来。我看老七没了词儿，越发来劲。我说，连自个儿媳妇都看不住，还有脸说我呢。老七舜铨想了一会儿，终于伸出手来，"啪"地抽了我一个嘴巴子。

真挨了打我反倒不哭了，我学着六儿的样子，显出一副无耻与无赖相，也像六儿那样一字一顿地说：我、操、你、妈！

老七愣了，他像不认识一样地看了我半天，结结巴巴地说，你说……说……什么……我妈她……怎么你了？

我很得意，我觉得六儿真是一个伟大的人物。他创造的这句箴言可以降伏我们家任何一个老几，我的那些虾米皮炸酱面可真是没有白吃。

我把发呆卖傻的老七扔在园子里，自己晃晃悠悠转到西院厨房来。厨房里，大笼屉冒着热气，那里面传出了肉包子的香味儿。老王正在熬红小豆粥，豆还没烂，他坐在小凳上剥核桃仁。我在核桃仁碗前蹲下来，老王把碗端开了。

我说，刚才老七打我了。

老王没言语，也没有表情。

我说，老七打了我一个嘴巴。

老王将一个硕大而美丽的核桃仁丢进碗里。

我说，这事我跟老七没完，他说我给家里添乱……

老王说，小格格您到前头玩儿去吧，您也甭给我这儿添乱了。

我说，老王你客气什么？咱们谁跟谁呀。

老王说，不是客气，是怕太太们怪罪。不管怎么着，我老王也是下人，是伺候人的人，你们的事跟我没关系。

我说，老王你今天怎么变得这么生分，咱们俩平时的关系可是不错。

老王一边把我往外推一边说，谁敢跟您不错呀？您是《捉放曹》里的曹操，我是里头的陈宫，我不跟着您跑啦，我改辙啦！

我傻乎乎地问，我是曹操，那谁是吕伯奢，我把谁杀啦？

老王说，你把你阿玛杀啦！

我说，我阿玛跟老三上琉璃厂看古玩去了，他活得好好儿的。

老王说，今儿晚上他就好好儿不成了，您等着吧，有场好闹呢。

我说老王是替古人操心，说完瞅着空当，抓了一把核桃仁，撒腿就跑。

老王追出厨房跳着脚地嚷嚷：我大半天的工夫，让你一把抓没了！

那天，我一个人在院里进进出出，却没一个人理我，使我感到我很不是只好鸟。后来实在没事干，我就跑到老姐夫的院里去陪老姐夫喝酒了。

晚上，并没有老王说的"好闹"。父亲从琉璃厂买回来一个会闹鬼的洋钟，一到点，两个小鬼轮番出来打鼓，挤眉弄眼的，还会扭屁股。父亲说这是从宫里流散出来的物件，因为钟背后有英吉利敬献孝和睿皇太后的字样，推算起来该是道光时候的东西。母亲似乎也很高兴，让那俩鬼打了一遍又一遍鼓，还说其中的一个长得像厨子老王。

我没心思看鬼打鼓，我为肚子里的三个包子两碗粥一盘白肉而折腾，愁眉苦脸地弯在炕桌边上，没完没了地哼哼。刘妈说，这孩子今儿是吃撑着了，让老王给她沏碗起子水喝吧。母亲说行，又说以后我吃饭不能跟着大人们在一起混，得给我单拨出来，否则没数，我像这样的撑着已经不是第一回了。刘妈说的"起子"，其实就是苏打，发面用的。她让我肚子里的包子们像面一样地起泡发酵，这招儿真是绝得不能再绝了，也就是刘妈想得出来。

喝了那又苦又涩的起子水，我回去睡了。

五

我依旧跟着父亲去桥儿胡同，照旧吃那炸酱面，照旧吃那廉价的糖豆大酸枣。 不同的是，六儿不打袼褙了，他拿起了针线。 这么一来，院里树底下再没了他的踪影，他老在东屋的案子前为一堆堆布而忙碌，当然那些布较他打袼褙的布有了很大进步。 谢娘跟他一块儿干，谢娘是他的师傅，也是他的帮手。

他还是不理我，脸上对我的厌恶依然如故。

我对他当然也没有什么好印象。

我常想，要是别人大概会对父亲的援助感激涕零了，但六儿并不因这而增加对父亲的了解，消除他们之间固有的隔膜。 这真是一个执拗的、奇怪的人。

这天，下着大雪，我和父亲又来到了桥儿胡同。

谢娘对我说六儿给我缝了一个好看的小布人儿，让我快过去看看。 我说，那娃娃穿的什么衣裳呀？ 谢娘说穿的是水缎绿旗袍。 我说如此甚好，我就喜欢水缎绿旗袍。 谢娘说，那你还不去看，让六儿再给它做个粉红的短袄，琵琶襟儿的……没等谢娘说完，我已飞了出去。

六儿果然在他的房里，没有缝小布人儿，他在缝一条裤子，又粗又短的裤子。 见我进来，他说，你来干什么！ 我说，我来看看。 六儿说，我的屋不让你看。 我说，你这儿又不是皇上的金銮殿，还不许人看了？ 六儿说，可我这儿也不是谁想进就进的大车店。 我说我是来要我的小布人儿的，并没有想在他的屋里多待。 六儿说没有布人儿，让我哪儿凉快哪儿歇着去。 我说，你这儿就凉快，我就在你这儿歇着，你把那个穿水绿旗袍的小布人儿给我！ 六儿说他不知道什么水绿旗袍。 我说，你妈说有！ 六儿说，我妈说有你找我妈去，别在我这儿搅和。 我认为六儿是故意跟我找别扭，看来不发脾气是不行了，就在我四处踅摸可以踢砸的东西时，谢娘在北屋大声说，六儿，你给她缝一个！

六儿看了看我，从鼻子里轻轻哼了一声，顺手摸起一块从裤子上铰下来的布头，哧哧哧就缝起来了。 缝着缝着，他又从线笸箩里找出两个小红扣钉上。 终于，在他手里，那个灰不溜秋的东西有了形状，原来是只长尾巴的红眼耗子。 我是属耗子的，六儿这样不是骂我吗？ 我不干了，我说，小布人儿呢？ 绿旗袍呢？ 你弄了只耗子搪塞我算怎么档子事？

六儿说，给你只耗子就算不错了，你别给脸不要脸。

我说我要穿水绿旗袍的小人儿。

六儿说，耗子就不穿旗袍，连裤子也不穿。

我说，六儿你就缺德吧，你的那两个犄角压根儿就长不出来，你甭做当龙的梦了。 你成不了龙，你永远是一条泥鳅，臭水坑里的烂泥鳅！

六儿说他从来也没想过要当龙，他连长虫也不想当。

我说，你以为你是谁，你根本就不是我阿玛的儿子。

六儿说，你以为我是你爸爸的儿子吗，我要是你爸爸的儿子那才怪了！ 末了又补充一句：给谁当儿子也不会给你们金家当儿子。 我寒碜！

我揪了那耗子的尾巴到北屋告状去了。

北屋里，谢娘在哭，一抽一抽显得很伤心。 我父亲揣着手，皱着眉，在屋里走来走去。 看这情景，我明白自己再不宜浑闹，就乖乖地靠了炕沿站了。

外面，雪越下越大，又起了风，天气变得很冷，而屋里似乎比外面还冷。 父亲只是低头叹息，谢娘只是低头垂泪，风雪交加中他们是死一样的沉寂。

末了，父亲说，她背着我怎么能这么干……

谢娘说，太太来了也没说什么过头的话，就让我替四爷多想想。

父亲说，那个姓张的就那么可靠……

谢娘说，是个实诚人儿，也喜欢六儿……

父亲说，他一个凿磨的石匠有什么出息！

谢娘说，总算是个手艺人。

父亲低着头又在屋里转，一言不发。 半天，谢娘说，六儿大了，他懂事了，那孩子心思重。

父亲说，这孩子可惜了……

那天我们没有在谢家吃饭，谢娘把我们送到门口，神色凄惨，那欲说还休的神情使我不敢抬头看她。 父亲也不说话，只是吭吭地咳嗽。 我听得出来，他不是真的咳，他是用咳来掩饰自己。 车来了，谢娘冲着东屋喊六儿，说是四爹要走了。 东屋的门关着，父亲站了一会儿，见那房门终没有动静，就转身上车了。 谢娘还要过去叫，父亲说，算了吧，说完就闭了眼睛，显得很疲倦，很困。 谢娘掀起车帘，将那个灰布耗子塞进来，嘱咐父亲要给我披严实了，别让风吹着了。 父亲闭着眼睛点了点头，我看见，清清的鼻涕从父亲的鼻子里流出来，父亲的嘴角在微微地颤抖。 我转脸再看谢娘，穿件单薄的小袄，一身的雪花，一脸的苍白，扶着车帮哆哆嗦嗦地站着，在呼呼的北风里几乎有些不稳。 一种告别的感觉在我心里腾起，我对这个南城的妇人突然产生了一种难舍的依恋，我知道，以后我再也不会到桥儿胡同来看谢娘了，那些温馨的炸酱面将远离我而去，那些五彩的袼褙将远离我而去，那可恶的六儿也将远离我而去。 满天风雪，令人哽咽，我凄凄地叫了一声"娘"，自己也不知为何单单省了"谢"字。 可惜，我那一声轻轻的"娘"刚一出口，就被狂风撕碎，除了父亲，大概谁也没听着。

谢娘慌忙将帘子掩了，我感觉到抱着我的父亲陡地一抖。

车走了，谢娘一直站在风雪里，看着我们，看着我们……

那天，六儿自始至终也没有露面。

父亲一动不动地缩在他的大衣里。 他不动，我也不敢动，我怕惊扰了他，我明白，他现在的心情比我还难过。 望着忧愁、清瘦的父亲，我感到他很可怜、很孤单。 于是，我把他的一双手搭在我的小手里，将我的温暖传递给他。

车过了崇文门，父亲睁开眼睛对前面的车夫说，上前门。

我说，咱们不回家吗？

父亲说，先上前门。

父亲到了全聚德，跟掌柜的说让正月十三派个上好的厨子到我们家来做烤鸭，又到正明斋饽饽铺买了两斤奶酥点心，这才坐上车往家赶。

这两样东西都是我母亲爱吃的。

大雪扑面而来，世界一片迷茫，我真是看不懂我的父亲了。

六

日子一天又一天，平平常常地过去。

不能到桥儿胡同去，虽然给我增添了一些寂寞，但并不影响我的快乐生活。至于六儿给我缝的那只红眼大耗子，早已被我丢得不知去向。有一天我在厨房看见老王在用那只耗子逗弄一只要来的小土猫，他在训练猫捉耗子的功能。猫被那只红眼耗子吓得钻进米面口袋的夹缝中，可怜巴巴地喵喵，不敢与耗子对阵。老王说，这难怪了，猫怕耗子，还是只假耗子。我说，六儿太恶，缝的耗子也恶。老王说，那是因为你恶。我说，我怎会恶，我是一只还没长全毛的小耗子。老王说，你是一只耗子精。耗子精就耗子精，我认为对老王的话大可不必认真，他一个做饭的，能有什么真知灼见呢？

转过年冬天，又到了正月，又是一个大雪天。早晨，纷纷扬扬的雪花从高天之上飘洒而来，我在院子里仰着脑袋看天，冰凉的雪花落在我的脸上，转瞬又化为水。我突然诗性大发，高声喊道：

> 燕山雪花大如席，
> 飞到金家大院里。
> 天白地白树也白，
> 晌午咱们吃烧鸡。

我把这首即兴创作的诗喊了一遍又一遍，图的是让父亲听见，以博夸奖。我知道，父亲就在北屋里，正和母亲商量今天上吉祥剧院听戏的事，听说吉祥下午有《望江亭》。《望江亭》是我爱看的戏，里边的小寡妇谭记儿很漂亮，一会儿换一套衣服，一会儿换一套衣服，让人眼花缭乱。如果父亲听了我的诗句，十分欣赏，一准儿会说，瞧，那诗作得多么好，带了那丫儿去吧。那样我不就捡了个便宜？

我的吟唱没有引出父亲倒招来了老七。老七说，你在这儿干吗呢？我说我在作诗，说着又把那诗吟了一遍。老七说，你得了吧，大下雪天的，别在这儿散德行了，你这也叫诗吗？头一句照搬的是李白，三一句剽窃的张打油，就末了一句是你自己的，倒是很有真性情，终归也没离开吃。我就跟老七说了想看《望江亭》的打算。老七听了笑着说，你就是《望江亭》，还用得着再看《望江亭》吗？ 我问我怎的就是《望江亭》？ 老七说，您作的那首"咏雪"的诗跟戏里那位纨绔子弟杨衙内作的"咏月"的诗如出自一个师傅般的相似，可见天下的蠢都是一样的。

我当然记得戏里那位衙内的诗：

> 月儿弯弯照楼台，
>
> 楼高又怕摔下来。
>
> 今天遇见张二嫂，
>
> 给我送条大鱼来。

我说，你不觉衙内的诗也很朴实易懂吗，他比你的那些"子曰"坦诚多了。 我爱杨衙内，也爱他的诗。 老七说，如此甚好，如此甚好……

我们正说着话，六儿脑袋上顶着一条麻袋跑进来了，见了我和老七，没说话，扑通跪下磕了四个头。 我看见六儿的腰里系着白布，脚上穿着孝鞋，我知道，六儿是来报丧了。

老七问他是谁。

六儿说他是桥儿胡同张永厚的儿子。

老七问是谁殁了，六儿说是他妈。

也就是说，谢娘死了。

我的身上一阵发冷，打了个激灵。

老七将六儿领进北屋，我的父亲和母亲还在谈论下午的戏。 六儿按孝子的规矩给屋里的每一个人都磕了头。 我特别拿眼睛扫了一下父亲，父亲无动于衷地坐着，表情平静得不能再平静了，他甚至还有心让刘妈往他的茶碗里续了一回水。

母亲说，谢娘是金家的熟人了，咱们得了人家不少济，就是眼下我穿的这件狐皮坎肩也是谢娘做的，咱们应该过去看一看才好。 母亲问什么时候出殡，六儿说让人算过了，就是今天下午。 母亲说，从来都是早晨出殡，哪儿有挪在下午的？

六儿不说话。

刘妈在一边小声说，太太忘了吗，谢娘是再嫁……我在旁边听得清楚，便明白了，原来寡妇再婚，死后出殡，那时辰是要与众不同的。 错过时间，为的是让她先一个死鬼男人在奈何桥上白等，不让他们在阴间团聚，因为后边还有个活的。

打发走了六儿，母亲说下午让刘妈到桥儿胡同去一趟。刘妈说不认识，母亲就让我跟刘妈一块儿去，我痛快地答应了。 在去听戏还是去桥儿胡同这两件事上，我之所以毫不犹豫地选择了后者，我是想，应该去送一送谢娘，就冲她那温和的笑、那喷香的面，就冲她在风雪中为我们的站立……

不能不送。

母亲派刘妈去也是派得很得体的，刘妈是下人，与谢娘的身份对等，我们既没抬了他们也尽了礼数。 刘妈是母亲们的心腹，回来后肯定会将桥儿胡同那边的事情一五一十地向母亲描述清楚。 至于让我去，明是给刘妈带路，实则是代表着父亲，给父亲一个脸面，母亲的心计是很够用的。 我想父亲心里一定很不好过，以他和谢娘的关系，他是应该到场的，如今却要陪母亲去看戏，那种尴尬，那种难堪，让人觉得心碎。

出门的时候，我特意在廊下多站了一会儿，想的是父亲能出来对我有什么嘱咐和交代，但是父亲没有出来。

下午，雪停了，我和刘妈冒着严寒来到桥儿胡同。 车一拐弯，远远就望见谢家门口挑了烧纸，那纸在风里忽闪忽闪地飞，好像被系住翅膀的鸟儿。

谢家院里搭了个小棚，三两个吹鼓手在灵前有一搭没一搭地吹打，乐声单薄草率，断续的音响在这凄寒萧瑟的小院里颤抖着，刺得人心也发颤。 一个腰系白带子的木讷男人把我们迎了，也说不出什么话，两片厚嘴唇翻过来调过去就是俩字，"来了""来了"。 想必这就是六儿的继父，石匠张永厚了。 刘妈问及谢娘后来的情况，张永厚说，是昨儿擦黑儿咽的气，吃不下东西已经有一个月了。 说着，就把我们往灵前领。

我看到了那口沉闷的黑漆棺材，我知道那里面装着谢娘，装着可怕可哀的死！ 六儿跪在棺前，一脸的疲惫，认真地承担着儿子的角色，这个院里，真正穿孝的也就他一个人。 一个女人，头上扎块白布条，见我们一走近，就开始了有泪没泪的号啕,不是哭,是在唱,拉着长声在唱,那词多含混不清。 据说,这是谢娘的一个远房亲戚,丧事完后,谢娘遗下的衣物首饰将归其所有,这是她耗在这里不肯离去的原因。 几个穿着团花绿衫的杠夫,坐在棚的一角,喝茶聊天,他们在等待起灵出殡的时辰。

我来到棺前,我看到了里面的谢娘。

已经不是给我做炸酱面的那个媳妇了,完全变作了一具骷髅,一副骨架,骨架裹着一身肥大厚重的装裹,别别扭扭地窝在狭窄的棺里。 谢娘的嘴半张着,眼睛半闭着,像是在等待,像是要诉说。 刘妈说,怎能让她张着嘴上路呢,得填上点儿什么才好。 趁刘妈去准备填嘴物件的空隙,我趴在棺沿,轻轻地叫了一声"谢娘"。 我想,我是替父亲来的,谢娘所等的就是我了,如果有灵,她是应该感应到的。

棺里的谢娘没有反应,那嘴依旧是半张,那眼依旧是半闭。

我该怎样呢? 我想了想,将兜里一块滑石掏出来,这块滑石是我在地上跳间画线用的,已经磨得没了形状,最早它原本是父亲的一个扇坠,因其软而白,在土地上也能画出白道儿,故被我偷来充作粉笔用。 现在,我把这个"扇坠"搁在谢娘僵硬的手心里,虽然我很害怕,腿也有些发软,但我想到谢娘对我诸多的宠爱,想到那温热的炸酱,想到这是替父亲给谢娘一个最终的安慰,便毫不犹豫地做了。

刘妈用一小块红绸子扎了一个茶叶包,塞进谢娘半张的嘴里。

谢娘的嘴，被刘妈的茶叶堵了，她再也说不出话了。

杠夫们走过来，要将棺盖盖了。我听见六儿撕心裂肺地哭喊"妈"时，我的眼泪也下来了，我跟他一起大声喊着"谢娘"，也肆无忌惮地张着大嘴哭。刘妈将我拉开了，说是生人的眼泪不能掉到死鬼身上，那样不好。刘妈小声地告诫我要"兜着点儿"，她说，这是谁跟谁呀，咱们意思到了就行了，你不要失了身份。

我不管，我照哭我的。

六寸长的铁钉，砰砰地钉了进去，将棺盖与棺体连为一体。六儿在棺前不住地念叨：妈，您躲钉！妈，您躲钉啊！那声音之凄，情意之切，感动得刘妈也落了泪。我知道，随着这砰砰的声响，谢娘从此便与这个世界隔绝开了，我那块滑石也与这个世界隔绝开了……

杠夫们将棺上罩了一块红底蓝花的绣片，这使得棺木有了些富贵堂皇的气息，不再那样狰狞阴沉。几条大杠绳在杠夫们的手里，迅速而准确地交叉穿绕，将棺材牢牢捆定。杠头在灵前喊道：本家大爷，请盆儿啦——

这时，跪在灵前的六儿将烧纸的瓦盆掂起，啪地朝地上砸去。随着瓦盆碎裂的脆响，吹鼓手们提足精神猛吹了起来，棺木也随之而起，六儿也跟着棺木的起动悲声大放。

灵前，自始至终，只有一个六儿，未免孤单软弱。他之所以叫作六儿，是父亲按金家子弟的排列顺序而定，暗中承袭着金家的名分。按说，此刻我应该跪在六儿的身后，承担另一个孝子的角色，而现在却只能在一边冷冷地看着，如一个毫无关系的旁观者。

棺木出了小院，向南而去，送殡的队伍除那些杠夫以外只有张家父子两人。六儿打着纸幡走在头里，他的继父石匠张永厚抄着手低着头走在最后头。

乐人们夹着响器散了，回了各自的家。

远房亲戚说要加紧收拾，不能耽搁，再不招呼我们。

我在路口极庄严肃穆地站着，目送着送殡队伍的远去。在雪后的清冷中，在阴霾的天空中，那团由杠夫衣衫组成的绿，显得夸张而不真实……我想，我要把这一切详细地记下来，回去一个细节不落地说给我的父亲。这是我能做到，也是应该做到的。

不知此时坐在吉祥剧院看《望江亭》的父亲是怎样一种情景。

七

生不能相养以共居，殁不能抚汝以尽哀，这该是多么凄惨的感情缺憾，多么酸苦的难与人言。遗憾的是后来父亲从没向我问及过谢娘的事情，在父女俩单独相处的时候，我几次有意把话题往桥儿胡同引，都被父亲巧妙地推了回来。看来，父亲不愿谈论这个内容。所以，谢娘最后的情况，父亲始终是一无所知。

为此，我有些看不起父亲。

二十世纪五十年代中期，父亲去世了。

我到桥儿胡同找过六儿。小院依然，枣树依然，他那个当石匠的爹正在院里打磨，我不知道那时候的北京怎会还有人使用这个东西。石匠已经记不得我了，我也不便跟他说父亲的事。打听六儿的情况，知道他在永定门的服装厂上班，改名叫张顺针。

我在服装厂的传达室里见到了这个叫作张顺针的人，彼时他已是带徒弟的师傅了。张师傅戴了一顶蓝帽子，表情冷漠而严峻，进来也不坐，扎煞着手在屋当间站着。我说了父亲不在了的事，本来想在他跟前掉几滴眼泪，但看了他的模样，我的眼泪却怎么也掉不下来了。张师傅说，您跟我说这样的事有什么意思吗？这倒是把我问住了，我停了一下说，当初您到我们家说令堂不在了的时候，是不是也有什么意思呢？张师傅看了我一眼，从那厌恶的眼神里，我找到了当年六儿的影子。我说，当初我父亲是很爱您的，他对您的感情胜过了我所有的哥哥。张师傅哼了一声没有说话，任凭着沉默延伸。谈话无法继续下去了，我只好起身告辞，没等我出门，他先拉开门走了。

我回来将六儿的态度悄悄说给老七，老七叹了口气说，怎的把仇竟结到了这份儿上，兄弟虽有小忿，不废懿亲，更何况还有个父亲母亲的情分在其中。既是这样，也只好随他去了。

第二天早上，有人送进来一包衣物，说是一姓张的人让带来的。金家人打开一看，原来是一包长袍马褂的老式装裹，无疑这是送给去世的父亲的。我知道，这是六儿连夜为父亲赶制出来的。说是无情，真到绝处，却又难舍，这大概就是其人的两难之处了。金家没人追究这包衣服，大家谁都明白它来自何处。母亲坚决不让穿这套装裹，她说父亲是国家干部，不是封建社会的遗老，理应穿着干部服下葬，不能打扮得不成体统，让人笑话。

母亲的话有母亲的道理，在父亲的遗体告别仪式上，穿戴齐整的父亲，俨然是社会名流的"革命"打扮，一身中山装气派而庄重，那是父亲参加各种社会活动的一贯装束，是解放后父亲的形象。至于那个包袱，在父亲入殓之时被我悄悄地搁在了父亲脚下。我知道，这个小小的细节除我的母亲以外，在场的我的几个哥哥都看到了，大家都呈睁一只眼闭一只眼的状态，他们都是过来的人，他们对这样的事情能够给予充分的理解和宽容。

到底是金家的爷儿们。

与六儿相关的线索由于父亲的死而斩断，从今往后，再没有理由来往了。"文革"的时候，我们听说六儿当了造反派，是的，他根红苗正的无产阶级出身注定了他要走这一步。在我的兄长们为这场革命而七零八落时，六儿是在大红大紫着。我和老七最终成为金家的最后留守，我们提心吊胆地过着日子，时刻提防着红卫兵的冲击。而在我们心的深处，却还时时提防着六儿，提防着他"杀回马枪"，提防着他"血债要用血来偿"的报复。如若那样，我们父亲的这最后一点儿隐私也将被剥个精光。给我们家看坟的老刘的儿子来造了反，厨子老王从山东赶到北京也造了我们的反。唯独六儿，最恨我们的六儿，却没有来造反。

后来，我从北京发配到了陕西，一晃又是几十年过去，随着兄弟姐妹们的相继离世，六儿在我心里的分量竟是越来越重。常常在工作繁忙之时，六儿的影子会从眼前一晃而过。有时在梦中，他也顶着一头繁重的角，喘息着向我投以一个无奈的苦笑。惊慌坐起，却是一个抓不住的梦。老七给我来信，谈及六儿，是满篇的自责与检讨。他说仁人之于弟，不藏怒，不宿怨，唯亲爱之而已。他于兄弟而不顾，实在是有失兄长的责任，从心内不安。老七是个追求生命圆满的人，而现今世界，在大谈残缺美的同时，又有几个人能真正懂得生命的圆满，包括六儿和我在内。

八

来北京出差，在电视台对某服装大师的专访节目中，我突然听到了张顺针的名字。原来这位大师在介绍自己的家学渊源，向大家讲述从他祖父谢子安起，到他的父亲张顺针，他们一直是中国有名的服装设计之家。他之所以能成为大师，绝对有历史根源、家庭根源和社会根源以及本人的努力因素……我听了大师的表白，只感到不是说明，是在检查，这样的套路，每一个出身不好本人又有点问题的人，在"文革"时都是极为熟悉的，现在换种面目又出现了，变作了"经验"，只让人好笑。

依着电视的线索，我好不容易摸索着找到了张顺针的家，当然已不是昔日的桥儿胡同，而是一座方正的新建四合院。今天，在北京能买得起四合院的人家，家底儿当在千万元以上。也就是说，贫困的谢娘后代，如今已是了不得的富户了。想起当年武老道"若生在贫贱之家当贵不可言"的断语，或许是有些意思。

朱门紧闭，我按了铃，有年轻人开门，穿的是保安的衣服，料是雇来的门房。我说来看望张老先生，看门的小伙问我是谁，我说是张先生年轻时的朋友。那小伙很通融地让我进去了，他说老爷子一人在家快闷出病来了，巴不得有人来聊。

院里有猛犬在吠，小伙子拢住犬，告诉我说，老爷子在后院东屋。

来到后院东屋，推门而进，一股热腾腾的糨子味儿扑面而来。靠窗的碎布堆里，糨子盆前低头坐着一个花白头发的老人，这就是六儿了。

见有人进来，老人停下手里的活计，抬起头，用手托着花镜腿，费劲地看着我，眼睛有些浑浊，看得出视力极差，那模样已找不出当年桥儿胡同六儿的一丝一毫。

我张了张嘴，那个"六儿"终没叫出来，因为我已经不是当年使性较真儿的混账小丫头，他也不是那个生冷硬倔的半大小子了，我们都变了，变了很多很多。该怎么称呼他，我一时有些发蒙，叫张先生，有些见外；叫六儿，有些不恭；叫六哥，有些唐突……后来，我决定什么也不叫。

我说，您不认识我了吗？

张顺针想了半天，摇了摇头，笑容仍堆在脸上，他是真想不起来了。

我说我是戏楼胡同的金家的老小，以前常跟着父亲上桥儿胡同的丫丫。

听了我的话，对方的笑容僵在脸上。我估摸着，那熟悉的冷漠与厌恶立刻会现出，尽管来时我已做了最坏的心理准备，心里仍旧有些发慌。但是，对方脸上的僵很快化解，涌出一团和气和喜悦，亲热地让我坐。

我将那些碎布扒开，挑了个地方坐了。

张顺针说，咱们可是有年头没见了，有三十年了吧？

我说，整整四十年了。

张顺针说，一眨眼儿的事，就跟昨儿似的。您这模样变得太厉害，要是在街上遇着了，走对面也不会认出来。说着顺手从他身边的大搪瓷缸子里给我倒出一碗浓酽的茶来。我喝了一口说，您这是高末儿。

张顺针说，能喝出高末儿的是喝茶的行家。现在高末儿也是越来越难买了，不是我跟吴裕泰的经理有交情，我哪儿喝得上高末儿。

我说，您还在打袼褙?

张顺针笑着说，您看看，这哪儿是袼褙，这是布贴画。这张是"踏雪寻梅"，这张是"子归啼夜"，那个是"山林古寺"，靠墙根摆那一溜儿画都是有名字的。

经张顺针一说，我才在那些袼褙里看出了眉目来。原来张顺针的这些布贴画与众不同，都是将画面用布填满，用布的花纹、质地贴出国画的效果来，很有些印象派的味道在其中。他指着一幅有冰雪瀑布的画对我说，那张布画曾参加过美术馆的展览，得过奖。

我说，老七舜铨也是搞画的，您什么时候跟他在一块儿交流交流，您老哥儿俩准能说到一块儿去。

张顺针说，你们家老七那是中国有名的大画家，人家那是艺术，我这是手艺。

我说，老七可是一直念叨着您呢，他想您。

张顺针说，谢谢他还惦记着我，其实我们连见也没见过。

我说，怎么没见过? 见过的。

张顺针问在哪儿见过。

我说，那年在我们家的院子里，您上我们家来……天还下着雪……

我本来想说他来报丧，怕伤他自尊心，只说是下雪，让他自己去想。

张顺针还是想不起来，在他思考的时候，他的头就微微地颤动，我看到了他稀薄的头发下那两个明显而突起的包。那曾经是父亲寄予无限希望的两只角。

张顺针见我对着他的脑袋出神，索性将脑袋伸过来，让我看个仔细。他说，不是什么稀罕东西，让医院看过，骨质增生罢了，遗传，天生就是如此。

我说，我们家的老六就是这样，他还长了一身鳞。

张顺针说，长鳞是不可能的，人怎么能长鳞呢？

我觉得再没有什么遮掩迂回的必要了，几十年的情感经历了长久理智的熏陶，像是地底层潜流中滴滴渗出的精华，变得成熟而深刻。亲情是不死的，它不因时间的分离而中断，有了亲情，生命才显出了它的价值。我激动地叫了一声：六哥——

张顺针一愣，他看了我一会儿说，别介，您可千万别这么叫，我姓张，跟金家没一点儿关系。

我说，您跟我死了的六哥是兄弟，您甭瞒着我了，我早知道。

张顺针说，您这是打哪儿说起呢？

我说，就从您脑袋上的包说起，您刚说了，这是遗传。

张顺针说，不一定有包就是你们金家的人，反过来说，你们金家人也不一定脑袋上都有包。

我说，您甭跟我绕了，我从感觉上早就知道您是谁了。

张顺针说，您的感觉就那么准吗，您就那么相信自个儿的感觉？

我说，当然。

张顺针笑了笑说，一听见您说"当然"，再看您这神情，我就想起您小时候的倔劲儿来了，好认死理，不撞南墙不回头。现在一点儿也没变，还是那么爱犯浑。实话跟您说，您父亲是真喜欢我，就是为了我脑袋上的这俩包。他心里清楚极了，我不是他儿子。

我的脑子突然变得一片空白，不会思索了。

阿玛，我的老阿玛，是您糊涂还是我糊涂啊？

张顺针说，您父亲老把我当成你们家的老六，把我当成他儿子。可从我们家来说，无论是我娘还是我，从来就没认过这个账。

我无言以对。

张顺针说，现在回过头再看，您父亲是个好人，难得的好人……

我说，谢娘也是好人，像妈一样……

张顺针半天没有说话，停了许久，他说，我娘那辈子……忒苦。

我机械地喝了一口水，已经品不出茶的味道。后来又聊了些无关紧要的闲话，我说我要告辞了。

张顺针让我再坐一坐，他大概是不愿意让我以这种心情离开。 他问我什么时候回陕西，我说大概还得半个月，剧本还有许多地方要修改。 张顺针问我是写电视的还是演电视的，我说是写电视的。 他说还是演电视的好，将来我在电视里一露脸，他就可以对人说，这个角儿他认识，打小就认识，属耗子的，是个爱犯浑的主儿！ 他说，据他考证，耗子是可以穿旗袍的，迪士尼的洋耗子可以穿礼服，中国的土耗子怎么就不能穿旗袍呢？

我说是的，耗子可以穿旗袍。

九

十天后，张顺针让他的儿子给我送来了这件旗袍。

水绿的缎子旗袍。

　　门铃声大作，我透过猫眼朝外观望，外面一片晃动的模糊，混沌得如在雾里。 当我最终搞清那模糊是一只人的眼睛，在猫眼的另一端正朝里窥望时，吓得我倒退几步，吸了一口冷气。 退休后我一个人在北京住着，属于空巢老人行列，治安的问题不可不重视，虽然无财又无色，终归是件让人揪心的事情。

　　从猫眼镜外头朝里望，肯定看不出什么所以然，这个人趴着往里看，企图弄清屋里的一二三，不是别有用心就是脑子进水了。 我在猫眼的这头等待大眼睛的离开，那只眼睛偏偏忽闪忽闪地，很执着地不肯离去。 我问了一声谁，外头没有回应，眼睛也没有离开。 我再一次追问是谁，门外发出吱吱的声音，像是耗子。 我挂上铁链，将门开了一条缝，门外立刻有半张脸挤了进来，随同脸进来的还有尖厉破裂的声音：你猜猜俄（我）是谁？

　　不用猜，光听声音我就知道是谁来了，青山县黄金台村的刘金台。

我赶忙开了门，将这位来自遥远乡村的刘大宝贝让进屋里。随同老刘进屋的还有两个纸箱子，箱子上头有猕猴桃图案。我在县里工作时当过猕猴桃形象代言人，箱子上的我在一群猕猴桃中咧着嘴幸福地笑着，模样傻得不能再傻，不幸的是箱子用胶条封着，于是我的身上、脸上便横七竖八粘满了胶条，头顶还开了一个窟窿，半个耳朵被顶出的金属刺穿，十分惨烈。

看我注视箱子，老刘说，上北京特意挑了两个印着你图案的箱子，让你看了高兴。

我说，你还不如挑两个装秦俑奶粉的箱子，那奶牛比我结实。

老刘说，奶粉箱子没有你的大，装不了多少东西。主要是让你知道咱青山人至今还惦记着你，还用着你的箱子装东西。

老刘说去年他主动要求做县里生态猪肉代言人，人家不要，说他形象不行，不行就不行，管猪场的那个娘们儿还以为自己是貂蝉呢，呸，连二泡（他的大儿子叫一泡）他姥姥都不如，唯女子与小人为难养也，近之则不孙（逊），远之则怨。

我没纠正他的错误，不孙就不孙吧，为这个跟老刘较真儿，较不过来，老刘犯这样的错误多了。他在言谈中特别爱转文，爱显示他的学问和不凡，其实是怕人小看了他。他常常把青山县的文化人整得一愣一愣的，怕自己的学识不足而不敢张嘴。老刘不怯场，什么都敢说，体现着无知者无畏的高端风度。老刘言谈中喜欢引用古诗，信口便来，自然流畅，合辙押韵，一蒙能蒙倒一大片，诸如："白酥手，黄滕酒，两只黄鹂鸣翠柳；长亭外，古道边，一行白鹭上青天。"很有意境地十八扯，不动声色地改编名著，老刘有这本事！

有一回大伙谈到了他曾经卖假茅台酒的事情，老刘说，那是致富初级阶段的举措，那个事情把我弄得"监介"得很。公安局来抓我，我把挣来的钱边跑边拆了捆捆，朝后头一扬，警察们光顾着捡钱咧，我就钻了巷子，这一跑我没停脚就跑到云南咧，远得太太。警察们捡了半个钟头，才把钱拾掇起来，还抓人呢，抓鬼去吧！小不忍则乱大谋，他们一钱障目，修炼得还不够档次。

大家都觉着老刘的言辞有些别扭，又找不出毛病，还是我斗胆问了一句，老刘，你说的"监介"可是陕西方言？

老刘解释"监介"的意思，说了半天，大伙才闹明白，"监介"就是尴尬，被老兄各念了一半，于是众人大笑。老刘一本正经地说，锦囊佳句，解铃还须系铃人。

于是"监介"在我们文化圈里还真真就成了尴尬的代名词，一说"监介"，谁都知道什么意思，也知道它背后的故事。

老刘农民出身，近些年在老家操持了一个古玩铺子，冠冕堂皇地自称是个"收藏家"。所谓"酒香不怕巷子深"，老刘的铺子虽然在民间乡下，去的人还是不少，常有河南、甘肃的同行过来跟他交流。 我的作家朋友到青山县来看我，也都要到黄金台来看看，一来拜会黄金台的山水形制，二来会会农民收藏家老刘。 老刘常到乡间去收集各种古旧物件，拿回来修理收拾一番（也包括作假）摆在铺子里，也颇有规模。 老刘很清楚，跟文物打交道就得向文化靠拢，所以老刘练书法、背古文，自己制砚、装裱字画，小学没毕业的老刘追求形式的到位很是一丝不苟。 老刘内秀，自己刻了个九龙戏珠的砚台，其精美程度让我吃惊，差点掏钱把它买下来。县里文友施长青说不可，砚台是砖刻的，好看不中用，我就没买。 老刘也不恼，不买就不买，他说人和物件有缘分，红了樱桃，绿了芭蕉，不能强求。

老刘家穷没念几年书，加上"文革"，把一切都耽搁了，文化程度充其量也就是小学三年级的水平，后来自己恶补，补了个一塌糊涂，连 ABC 也认不全的老刘还拿到了美国拉乎翰大学的博士学位，拉乎翰大学连美国教育部都不知它在哪个州，说白了就是掏钱买张纸罢了。 大学是假的，但是纸很硬，图案也精美，依着老刘的性情应该把它挂在墙上，可是老刘很少把它拿出来显摆，我是他的朋友，也只见识过洋文凭一回。 他自然也知道"文凭"的来历名不正言不顺，悄悄跟我说，滥竽充数、狼狈为奸罢了。

这话说得倒也准确。

老刘有了博士称号，他的名片便很醒目地印了几个洋文字母，字母后头是"博士"两个汉字，洋文没人能看得懂，我问是希腊文还是拉丁文，老刘眨巴着小眼没说话，他的小儿子二泡告诉我，那几个字母是汉语拼音"收藏"两个字，被他爸爸删去了"o"和"a"两个字母，这就谁也不会读了。

老刘的古玩铺子是个三层小楼，坐落在黄金台村的北沿，朝南望是秦岭的连绵青山，朝北看是渭河的广阔滩地，风光是一顶一的好！刘家楼顶上飘扬着一面庄严的五星红旗，红旗的旁边是他自制的"黄金台收藏协会"的绿旗，镶着粉边，生动又活跃。特别是夕阳下，黄金台沐浴在金色落日中，老刘家的旗子衬着青山绿水，在晚风中舒卷自如，往往让人时空错乱，联想起宋江的"替天行道"和孙悟空"齐天大圣"的名号来。在渭河边，这面带粉边的绿旗比红旗更有名，更招人眼目，一问"黄金台收藏协会"没人不知道。当年我闲了常到老刘的铺子里转悠，他总有些意想不到的东西拿出来给我展示，比如清朝官员的帽子、绣花的小脚鞋、冯玉祥使过的茶壶、于右任书写的条幅……真的假的都说不清楚。老刘把他的二楼装扮成了县衙大堂的模样，一张卷边大案，后头是海水江涯红日喷薄的背景，两边是"回避""肃静"的牌子，墙上立着衙役使用的哨棍、板子，一把太师椅，一块惊堂木，都是从私人手里收来的，货真价实。我坐在大案后头，把惊堂木啪地一拍，清脆响亮，威风无比。老刘说，咋个向，感觉不错吧？县长老张的办公室哪能跟我这个比!

我说，比张县长有派。

当时的张县长正为宿办合一的办公室闹耗子而一筹莫展。

老刘说要是我愿意他可以把这地方借给我写作，这大案子几台电脑也摆下了，平展宽敞，要是写书法，六尺宣纸不用抻纸。我未置可否，因为我不知道在这张县官审过案的台子上，在那些"回避""肃静"的陪伴下我会写出什么样的文字来。

老刘的内室挂着他自己的书法，书法无规无矩，无拘无束，伸胳膊尥腿，七扭八歪，毫不掩饰，毫不做作，倒也有一番真性情。东边一幅是"我幸则我素"，西边一幅是"知足则长乐"，落着"黄金台居士"的款，裱了，用镜框装着，位置挺显著。两幅书法的上头都盖着闲章，东边是"静心"，西边是"墨香"，整个作品，唯有两个闲章还像回事，其他都是昏天黑地。一问老刘，说名章是用洋芋刻的，一次性使用，完了就让老婆炒了酸辣洋芋丝，以防别人假冒，俩闲章是在西安书院门小摊上买的现成的，一大堆随便挑，三块钱一块。我私下跟老刘说，"我幸则我素"的"幸"应该是"行"；"知足则长乐"的"长"应该是"常"。

老刘看着他的书法说，错了吗?

我说，错了。

老刘说，你把对的给我写下来，这伙哈屄，看了都不言声，诚心看我笑话。

我把"知足常乐""我行我素"给他写了说，这个"则"字也得去掉，用不着在这里出现。

没几天，新的"我行我素""知足常乐"就挂出来了，在主席像两边，一边一条。我暗自替墙上的主席叫苦，摊上缺"a"少"o"的"博士"，想必主席也没辙。

我从青山退休回北京已有两年，这期间跟老刘几乎没有联系，这次他贸然跑了来，也充分体现了他的风格——烦你没商量，一切都是"我行则我素"。我怪他事先不打招呼，他说事先招呼就来不了了，那样我一准说有事，开会呀，采风呀，不接待的理由十分充足，百分之百不会在家。老刘说得没错，在家里接待这么一个人物，还真有点麻烦！我暗暗地为正写到半截的小说叫苦。

我让他把鞋换了，老刘不换，说城里人就是多事，地就是让人踩的，雪泥鸿爪，是件多么文雅的事情，遗憾的是他的爪上没有雪泥。

我说，地板是新铺的核桃木，我怕你踩坏了。

老刘说，核桃木有甚了不起，我院里的核桃树十几棵，二泡一天上下几十回，从来也不脱鞋。

话是这样说，老刘还是很不情愿地把两只尖头皮鞋脱了，这一脱不打紧，一股热臭立刻在房间里弥散开来，熏得我差点没背过气去。 我说，你还是快穿上吧，我受不了！

老刘说，成也萧何，败也萧何，是你让我脱的，我又没主动脱，空气已然污染了，总是比窗户外头的雾狸（霾）好得多，看看你们北京的天吧，哪里有咱们青山透亮，也亏你在这儿待得住。 要不跟我一块儿回青山，回黄金台，现在山下的油桃花开得正美。

我说，就凭你这一双脚，北京的 PM2.5 得翻成二百五。

老刘让我找了两个塑料袋，把脚套上了，气味还是不能消散，已就已就了，再怎么做都于事无补。

我问老刘来的目的，他说他的收藏事业要发展，北京是有大眼界、大市场的地方，他是来开眼长见识的。

老刘说话的时候一张脸很生动，小眯眯眼，厚嘴唇，眉毛上下乱飞，大黄门牙朝外翻，两颗小金牙闪烁其中。 我寻思老刘搞收藏是干错了行，要演电视，效果不会比《民兵葛二蛋》差。 天地间造就了这么张脸，真难为了老天爷。

给老刘做了一顿炸酱面，冰箱里有现成的炸酱，下了一把挂面，连面码也没有，纯粹是凑合，想到我在黄金台老刘的家里，没少吃他老婆做的臊子面，那面都是现擀的，下到锅里团团转，汤宽肉烂，香菜蒜苗配以胡萝卜鸡蛋，一碗是绝对不够的。 眼下的我跟黄金台人比，缺了点厚道和热情。

老刘对炸酱面不满意，说吃着糊嘴，面也不筋道，糨子一样在嘴里。 我说这是北京的代表吃食，家家都吃这个，吃了上千年了，崇祯皇帝上吊前就是吃的炸酱面。

老刘看着我，眼睛直往上翻。他对这个细节似乎很感兴趣。

在老刘吃第二碗面的时候，我做出决定，把他安置在楼下马路对面的小招待所去住，这样于他于我都方便。我说了安排，老刘半天才说，我没带身份证。

我知道老刘是怎么想的，他是怕花钱，在我这儿住着可以省店钱、饭钱，而且想住多久就住多久，就像当年我住在他们家写小说，青山绿水，山风徐徐，他老婆管吃管喝，整整半年，让人不想离开。我告诉老刘，住招待所我出钱，饭钱我也出，客来了，哪有让客破费的道理。老刘改口说二代身份证他没带，但是他带了老的，估计还能用。

老刘很聪明地给自己找了台阶下。

我问老刘明天打算去哪儿，老刘说当然先上故宫，他向往故宫珍宝馆不是一天两天了，搞收藏的没去过故宫珍宝馆就好比秦始皇没吃过羊肉泡馍，羞见江东父老！老刘说他第二想看的是书画馆，我说，你不搞书法，看哪门子书画馆？

老刘说，你焉知兄弟不搞书法，兄弟现在也是中国书画院馆员呢！

老刘说着要掏证件，我让他别掏了，说我也不是资格审查委员会的。老刘说他看我的眼神总是有些游离，有怀疑成分在其中。我说是让他的臭脚熏的，再坚持一会儿就昏倒了，游离只是前奏。

把老刘往招待所送的时候，他把纸箱、提兜存到我家里，他那个人造革的兜子有年头了，边边角角都磨得发了白，链子紧紧地拉着，用塑料绳拴了好几道，提在手里沉甸甸的。 我问兜子里可又是黄金台捡来的破砖烂瓦，老刘很神秘地说，比瓦当值钱，知道吗，这里头有两块马蹄金，沉得很很的马蹄金！

我问他有多沉。 老刘说，一块半斤，两块一斤。

我说，老刘你成啊，终于如愿以偿啦！

老刘说，春色满园关不住，两块红杏出土来。 不是我找它们，是它们自己找我来了。

还一下俩！ 我说。

老刘说，宝贝习惯扎堆儿，跟地里的猪苓似的，要不一个寻不见，要不一窝十几斤。

我说，这比中彩票都难，你小子撞大运啦！

老刘说，到现在我也不能说它们就是我刘金台的，我一个人担不起这大福分。

…………

老刘走后，装金子的破兜成了我的负担，掂量我屋里的东西，加到一块儿也抵不上这兜金子，为了这金子，我把老刘的兜子换了几个地方，总觉得不踏实，我想象着马蹄金的模样，想象着半斤重的大金块，以至在黑暗中都觉得兜子在放光芒。 破兜子对我充满了诱惑力，我遏制着将它打开的冲动，压抑着无限的好奇心，煎熬于辗转反侧之中。

马蹄金，通红的烫手之物啊。

黄金台位于秦岭北麓，这个名字，跟地里出现过马蹄金有关。 这里曾经是汉武帝功臣军人们的墓地，墓地隔着渭河，对岸就是汉武帝的茂陵，高大的陵冢，威严地罩护着坐落在河水南边的这片高台。 黄金台村位于高台西沿，小村背山面水，聚气藏风，景色秀美。 村里大部分人都姓刘，是汉武帝的赐姓。 汉朝天子还赏赐过归顺的匈奴首领也姓刘，叫刘勃勃。 可是匈奴刘勃勃觉得姓刘是侮辱，他委屈大发了，后来他造反，毅然脱离刘姓，改叫赫连勃勃，建立了大夏王朝，连天子也不当，赫连勃勃，他要与天相齐。 与刘勃勃不同，汉武帝的军士们接受了刘姓却是受宠若惊，十二分地感恩戴德，将姓氏视为无上荣光。 太始元年，这些军士曾经跟着将军征服西域，血战数月，立下赫赫战功。 班师回朝，十几万人剩下了不到一千，伤痕累累，精力耗尽的他们给皇帝带回了十几匹大宛名马和上千匹西域好马。 大宛马又叫汗血马，据说马跑起来出的汗像鲜血一样，名贵稀少。 汉武帝憧憬着得到大宛马，曾经用黄金打造了一匹金马，送给大宛国王，意欲用金马换一匹大宛马，但是遭到了大宛的拒绝，不唯不给马，还把使者杀了。 汉武帝大怒，这才有了派大将李广利征战大宛之举。 马是弄来了，人却死了不少，人和马比，马更重要，得天马者得天下，汉武帝高兴之余作赋《西极天马歌》："天马来兮从西极，经万里兮归有德。 承灵威兮降外国，涉流沙兮四夷服。"当年汉武帝西登陇首祭天，捕获白麟，以为祥瑞，将黄金铸成麟趾马蹄形，赏赐征战归来的将领。 将军们去世后，马蹄金作为荣耀随主人陪葬，被带往另一个世界，幸存的兵士虽然没有马蹄金，却成了护墓人，空顶着一个高贵的刘姓与他们的将军们死死生生地聚在一起。 黄金台村村民是守墓军人的后代，至今黄金台的百姓彪悍耿直，崇尚武功，禀性与周边其他村落迥然不同。

我在青山县挂职，长年在黄金台驻队，休息时常到村外溜达，偶尔能拾到残破的绳纹砖或是有图案的小瓦当。 找行家看过，有的说是周，有的说是秦，更多的说是汉。 有时候地里有消息传来，谁谁谁在自留地里挖出了罐罐，谁谁谁在自家屋后挖出一把锈蚀的宝剑、一堆掰不开的箭镞。 得到消息，我一准要跑去看，在那散发着土腥味儿的深坑前，被传递上来的陶仓、陶罐、鬼灶、陶瓮等陪葬物，零零散散地堆放在坑沿上。 离开湿土的陶器们迎着高岗上的硬风，暴晒着粗壮的太阳，战战兢兢满是惶恐无措的模样。 当然这太阳和硬风它们在两千年前便见识过了，在仪式中随着它们的主人沉寂于地下，沉寂在无限黑暗中。 现在它们又被唤醒惊扰，还原于地面，暴露于久违了的环境中，罐命如斯，别有一场经历在等待。 我看到有的陶罐里还放着金黄的小米，伸手抓一把，米的感觉还很充实，可是过一会儿那米就变成了土。老乡们对陶罐不看重，很随意地用脚踢它们，这些东西他们不往家拿，视它们为不洁、晦气。 他们专注的是金玉器物，最最关注的是马蹄金，那是一块比拳头还大的金疙瘩，得一块，一辈子衣食无忧。 传说一李姓人，也是穷人，在黄金台地里挖出了马蹄金，不敢张扬，奔走异乡，弃农经商，做盐的生意，把买卖做到江南扬州去了。 李家的孙子李甲还娶了江南名妓杜十娘，中途变卦，十娘跳江，让人给写到文章里了……有好事者推断，李家那块马蹄金的掘出至少在明朝以前，自明以后四百多年时间，地里还没出土过第二块。 就是说，并不是所有参战的将军都被赏赐了马蹄金，也不是所有的马蹄金都被埋入了地下，但黄金台的名称却延续下来，名称的延续就是黄金的延续，就是人们发财希望的延续，这里的人世世代代都做着挖出金子的梦，都想着有朝一日也当回李甲，到燕都去娶美女。 改革开放分地到户的时候，黄金台的人都暗暗较着心劲儿，估摸着自家地里有几座古墓，能不能挖出马蹄金。 尽管县上文物部门几次下来做工作，说地下的一切物件包括小到一颗钉子都归国家所有，个人无权私藏，却不能奏效。 自家地里的事情，与炕头无异，谁能说得清楚？

老刘——刘金台绝对是个头脑够用的主儿，在别人嫌陶瓮晦气，在地头将它们敲烂的时候，老刘五毛钱一个将它们一一收购了。 当然这是二十几年前的事情了，现在一个绿釉十二生肖陶罐，市场价格已经上了万，老乡们也懂得了陶家伙只要品相好，照样值钱。 老刘家的楼顶上大大小小的罐子堆满了，像个瓦窑场，都是齐整的没有残缺的汉陶，卖一个就够吃两年的。 我虽没见过老刘做汉陶的买卖，但是我也不能保证倒卖过假酒的老刘不倒卖文物。 有人想抓老刘的辫子，可就是抓不着，他精滑精滑的，时不常地还要装傻。 老刘几次纠正我，说他做的是古玩买卖，不是文物买卖，这实在是个很原则的大问题，千万不敢混淆了。 老刘老婆何彩圈日日打着挖金子的主意，彩圈没事便带着一泡、二泡到自留地里去深挖地，对老刘的事情基本不管，任着老刘在外头花里胡哨瞎折腾。 何彩圈是个贤惠媳妇，十分景仰和热爱老刘，视老刘为天下头等人物。 老刘说宣统在乾隆之前，何彩圈便认为宣统是乾隆的爷爷，有一回还大眼瞪小眼地跟儿子辩论，直到二泡把字典拿来，何彩圈还坚持说，你爸搞了几十年古玩，跟历史打了几十年交道，还能错？ 这本书才出了几年，新新的塑料皮，上月才从县城书店买回来的！

　　老刘倒腾的玩意儿大部分是清末、民国的老东西，也有说不清年代的老玉，明朝的香炉，道光年的刺绣，洪宪年的大碗什么的，见识得多了自然也有了一双火眼金睛。 有一回，省上来了几个喜好古玩的文学朋友到老刘屋里闲坐，说到老玉，各人都从脖子上往外掏东西，有玉人、玉柱、玉猪、玉蝉什么的，各夸各的质地，各赞各的沁色。 老刘看了说，山外青山楼外楼，大珠小珠落玉盘。

　　没人明白什么意思，纷纷向老刘请教。 老刘挑出众人手里的几块玉说，并非是玉便佳，山外有山，楼外有楼，选择的学问大了，比如这几个，是古时填塞死者七窍用的，纵然有沁，也是尸血污浊之沁，怎可堂而皇之往脖子上挂，非但不能养人，反而还要招秽。

佩玉者大服。

青山县是关中文化大县，这些东西在民间很丰富。老刘经常到乡下收古玩，走街串巷，跟四里八乡的人都熟，特别是跟妇女更熟。老刘在男女关系上放得开，也不遮掩避讳。闲聊的时候，朋友们常拿这个当话题，老刘都如实回答，态度十分诚恳，比在公安局回答警察询问还老实，而且十分具体，包括细节都详细交代。问他各村有多少相好，他说一百多，问有多少私生子，他说三十多。有人认真了说，这些人你怎么养活得过来？

老刘说，忽如一夜春风来，千树万树梨花开，她们不要我养活，她们心甘情愿，就如同春风和梨花一样，彼此相愉说（悦）。

我说，老刘你就吹吧，吹过头就没人信了。

老刘说，怎能吹过头，实事则求是，知足则常乐，嘿嘿……

开始我还真不信，后来文友施长青带我到紫竹、盐乐、黄化几个村镇去闲逛，施长青指着一个抱孩子的妇女说，看，那个是老刘的相好，孩子是老刘的儿！

我看那女子，个头不高，三十多岁，竟然有几分姿色，还穿着牛仔裤，经营着服装店，一边哄孩子一边卖衣裳，再看那"儿"，整个一个老刘翻版，包括那门牙，也是一丝不苟地往外翻腾。有回在西指头村，一个半大小子在树上摘杏，施长青说那也是老刘的儿，摘杏的小子把筐系下来，问我们买不买，看着孩子那两个有特色的门牙，我赶紧说，买，买！

县里开运动会，施长青点着啦啦队里的两个丫头说，她们都有老刘的基因……

我突然觉得老刘很不是东西，眼前这个施长青也不是什么好鸟！一丘之貉！挺无聊。

冬月的一天晚上，我开完会往宿舍走，在丁字路口看见老刘蹲在背风处烧纸，当时的天气很冷，还飘着小雪花，北风一吹，头上的电线呜呜作响，像是在呜咽。我感觉老刘挺凄凉，就凑过去跟他搭讪，想安慰几句。老刘看了我一眼，没说话，塞给我一把冥票，意思是让我帮忙。那些冥票的面额都很大，上百亿的，还有阎王爷的大头像，票面最小的也是五百万，看来老刘是铁了心让他过世的先人在那个世界当个大富翁。老刘让我烧冥票，他自己则烧一本写满了字的本子，先一页一页地撕下来，再一张一张地填进火里，嘴里还念念有词。从燃烧的页面上看，是本日记，女人写的日记，字迹娟秀，密密麻麻的。火堆里，每页点燃的字纸上都被我压上了一张大票，我俩你来我往烧得饶有兴味，很有水平。于是我知道了，烧纸是件非常美好的事情，带有深刻的纪念意义和艺术感觉在里头。我也知道了，那晚老刘是给一个去世三年的相好送去了一份念想。相好是地区报社的一个记者，我们文化圈的人都认识，她跑文物口，常到县上来采访，什么时候跟老刘有了一腿，没人知道。在这样的时代，什么样的事情都有可能发生，没有规律可循。后来女记者得了癌症，病榻上的她在离开这个世界的时候，面对自己的丈夫和一大家子人，却单单把两大本日记郑重地交到了老刘手上。日记的内容我不好意思问，但这件事情本身显出了老刘的有情有义，显出了他的人格魅力。我想，那个女记者跟老刘也未必就是男欢女爱，人要离开这个世界了，总有些想法要对谁倾诉，对谁说呢？最好的办法是找个毫不相干、八竿子打不着的、没有任何利害冲突的人说，安全尽兴，用不着设防。老刘是个很好的诉说对象，这也是老刘有女人缘的原因。

有一回，老刘到四季村去收购古玩，我说我要跟他出去转。出发之前老刘让我化了装，在我的衣裳外头罩了一件工厂技术员穿的蓝大褂，戴了一顶蓝帽子，把帽檐压得很低。我说他把我整得很不清爽，像特务，他说像特务就对了。

坐着老刘的车去四季村，他的车是从城里淘汰下来的黄面的，没有牌照，没有挡风玻璃，四个大灯灭了仨，只一个亮着，独眼龙一样地还老眨眼。车里头被老刘布置得洞房一般，顶部一圈流苏，忽闪忽闪地很热闹。前头一个小电视，我问电视能不能看，老刘啪地拧动车钥匙，汽车一阵哆嗦，电视屏幕上一阵雪花过后出现了他自己硕大的脑袋，背景就是他那个县衙大堂，看不见海水，只见红日，有日本国旗之嫌。屏幕上的老刘摇头晃脑地操着陕西腔说："古玩在民间，万代永流传。铁眼做买卖，数我刘金台——开车！让俄尚羊（徜徉）在希望的田野上！"

　　敢情是老刘自行录制的出行序曲，还配着背景音乐，音乐是秦腔板胡独奏，演奏者是西安音乐学院的民乐教授鲁日融。鲁日融绝想不到他的作品会派上这样的用场，就跟主席想不到他会与"知足常乐""我行我素"为伍一样。

　　出行序幕害得我一口水差点儿没喷出来。

　　车门关不严，被老刘用麻绳套上了，只见他一踩油门，面包车噌地一下蹿了出去，抖动着，轰鸣着，上了乡间土路。随着车轮转动，音乐大起，头顶的一个风扇开始哗哗旋转，我说天气还凉，用不着风扇，再说，你前头也没有玻璃。老刘说它们是一伙的，要动一块儿动，谁也不能歇着，这就叫同甘苦共患难。我说老刘的汽车像吉普赛大篷车，老刘问吉普赛是哪个国家，首都在哪里，我说我也不知道。汽车的机关很多，我感念老刘还没有拿到机械博士学位，给这辆车留下了发展余地，要不还不知如何改装，幻化成何等模样呢。老刘的车开得很老练，每回换挡，手腕都要耍个花子，自己一点儿也不觉得怪异，却让我不敢看他的手。这样的动作要是让驾校的教练看见了，不把他的手腕子打肿才怪。好在老刘是自学成才，他压根儿就没领过驾驶执照。县里的交警都认识老刘这辆花里胡哨的车，拿他没办法，扣分罚款无从说起，扣车等于给交警队院里平添一堆垃圾，让收废品的来拉，收废品的不要，说是不好分类。警察只好让老刘自己开回去拆。孰料几日后，老刘的吉普赛车又行驶在了希望的田野上，乐声比往日放得更响，车前头多了块自制的牌子，"牛 B74110"。 惹得警察见着 74110 就逮，玩着老鼠和猫的游戏。

春光中，我和老刘坐着花汽车，带着激扬的板胡音乐和美丽的流苏晃悠在开满菜花的大田中间，屏幕上，老刘的小广告在间断闪烁。 汽车勇往直前，没走多远，我的身上已经是泥点一片。 亏得穿了件蓝大褂。

半个小时后，老刘的汽车停在了四季村一个小院门口，主人是个五十多岁姓范的汉子，老范见了老刘也不言声，很神秘地径直把他领到后院。 我没把自个儿当外人，也跟了过去。 农家的后院有猪圈，有鸡窝，柿子树下拴了条土狗，汪汪汪挣着铁链子使劲叫。 躲过地上的鸡粪，绕过那只喋喋不休的狗，我小心地躲避着头顶晾晒的背心、裤衩，没想到，高雅的古玩交易初始竟然是在这样的环境里进行。 老范瞄了我一眼，从房檐下的烧炕洞里摸出个塑料包，打开来，是十几根青铜箭头，箭头还很锋利，生着碧绿的锈，品相不错。见老刘不动声色，老范又从屋里抱出一尊菩萨像，一看便知是哪座乡间庙里的物件，厚厚的香火泥将整座佛像糊得看不出眉眼。 老范还要从屋里往外拿东西，老刘说下回再来，扭身朝外走，我也赶紧跟了出来。

老刘哗啦啦发动了汽车，他的头像又出现在荧屏上，乐声响起，电扇开转，抖动的车再一次蹿了出去。

我问老刘怎的不要那些箭镞，老刘说是假的。 我问何以见得，老刘说，那样的锋利整齐不会是在地下埋了千年的物件，锈是上的颜色，蓝绿蓝绿光鲜照人，你没看见，老范那双手都让颜色染绿了。 张寇李载，石狗犬尧，老范这是哄咱哩……是真的也不敢要，比如那座观音，明朝的，但肯定是偷来的，没几天，哪村的老婆儿们准会打上门来，菩萨生乡间，此物最相思。

我想了半天，到底也没猜出"张寇李载""石狗犬尧"是什么意思，所知词汇毕竟太少。

汽车驶到村中一家，老刘指着贴了瓷砖的门楼说，我到这家扶过贫。

我看那枣红的大铁门，那"祥和人家"的匾额和正房门上挂着的竹帘子，实在想不出这样的人家何以为"贫"。 扭头见老刘脸上的笑意甚是暧昧，遂明白了几分。 我问他怎么扶贫，老刘说院主姓冯，在南边打工，家里留个媳妇，四十来岁，正是贪男人的时候，老冯一年回来几天，几天滋润之后，冯家媳妇就一整年干晾着，饥渴得很很，恓惶得很很，我去了，冯家媳妇柳暗又花明，久旱逢甘雨！

我纠正说，是甘霖。

老刘说，反正就是那个意思，扶贫，不全是扶没钱的。

见我不太以为然，老刘说，把那女人渴坏咧，可怜得很很，我刚进房门，她就把我拦腰抱住，端起来扔到炕上，不容分说就骑上来了。 我还没来得及脱帽子，她的衣裳就光咧，滑溜溜白光光一条精身子。 我刚要张嘴说话，她舌头就填进来了，小舌头使劲往里掏，恨不得钻我肚里去……如狼似虎，似虎如狼，清明时节雨纷纷，路上行人欲断魂，她渴大发了！

哪儿跟哪儿啊！ 我说。

老刘说，难道你没认为我是在做好事？ 我当然也豁出去了，铆着劲连着四回，抽空了，自古人生谁无死，留取丹心照汗青。

我问汗青什么意思，老刘说就是汗水滴在了麦苗上，锄禾日当午，费劲得很很，不出几身大汗是不行的。

我说我不想评论他的男女之事，我是何彩圈的死党，我吃了何彩圈那么多肉臊子面，得跟她站在一头，不能吃里扒外。 老刘说，这事二泡他妈知道，那女人心善，不计较。我"做好事"是发自真心，没有所图，至多完事了冯家媳妇给我做碗荷包蛋。

一碗几个？ 我问。

老刘说，八个。

我说，撑死你！

老刘说，我去一回够她支撑一个月的。

啊——呸！ 我说。

我想看看冯家媳妇，让老刘把车往回开，老刘说不可，问为何，老刘说冯家男人回来了，男人回来之前他给冯家媳妇从城里买了一只马蹄表送去了，送个钟过去寓意两人的事情到此终结，再无挂碍。 钟都送过了，就不能再见面了，再见面双方都会很"监介"。我说老刘还有始有终，老刘说，扶贫这种事嘛，救急不救穷，哪有没完没了的，点到为止行了。

老刘要带我看四季村冯四老汉家的一口缸，说那口青花缸是"文革"产品，上头有女民兵操练的场景，还有毛主席诗词："飒爽英姿五尺枪，曙光初照演兵场。中华儿女多奇志，不爱红妆爱武装。"一般的"文革"缸也罢了，难得的是这缸是青花，"文革"青花大概全国没有一两件，珍贵得很很，他动员了几回让主家出让，冯家老太太同意，但是老爷子不干。他在耐着性子等……那老汉已经中风落炕起不来了，只是时间问题。

我说盼人死，老刘有点缺德，老刘说天若有请（情）天亦老，人间正道是沧桑。

进了冯老四家院门，一片破败景象，一棵老柳树，到四月了还没发芽，树上一只没名堂的鸟，尾巴一撅一撅地，歪着脑袋，闪着阴鸷的小眼看着地面。冯家只有老两口，儿子在外头上学，寒暑假才回来，家里缺少生气，缺少拾掇。听见大门响，老太太迎出来，见是老刘，立刻一脸愧疚，说要到灶屋去烧水。老刘说，只是看看，不喝水，甭麻烦。

我跟着老刘往屋里走，老刘把我朝前让，表现得很有礼貌，很绅士。刚掀开门帘，没承想，一个笤帚疙瘩忽地飞了过来，我赶紧一躲，笤帚疙瘩擦着我脖子而过，生疼。随着笤帚疙瘩的攻击，一个带着痰腔的沉闷声音在吼，不卖！给我滚!

眼瞅着土炕上一个白头发老汉掀开了被子,一歪身子滚下了炕,半身不遂的身子在地上一挺一挺地,像条大虫子,艰难地移动,老汉那只还能动弹的左手使劲往前伸,喉咙里呼哧呼哧滚着两个字:"不卖!"我紧走两步,刚要把老汉往炕上扶,就听老刘在旁边喊,快跑!

糊里糊涂地被老刘拽出门,问他为何这般慌张,老刘说,你没看见冯老汉在伸手够什么吗?

我问那老汉够什么,老刘说,夜壶!

夜壶和笤帚疙瘩比,我们的逃离是完全正确的。

我说我还没看见青花"文革"缸,老刘说以后有的是机会,不入虎穴,马(焉)得虎子,收古玩就得有百折不挠的精神,只要功夫深,铁杆(杵)磨成针。正说着,老太太过来了,拿帕子兜着两块锅盔,要老刘拿走。老刘不要锅盔,让老太太没事多做做老汉工作,留着一件没用的玩意儿,塞在桌底下,装白面嫌小,腌浆水菜嫌大,忒不实用。

老太太说她做不了老汉的主,缸是老汉当红卫兵步行上延安串联,在耀州陈炉窑买的,背着抱着从北边弄了回来,几百里地,不容易呢,下了苦的东西自然心里珍贵,舍不得。老刘说他能理解,绝对能理解,就好比自家一口人,哪能说卖就卖了。说着,老刘给老太太塞了十块钱,老太太也没太推辞,看得出这已经成了默契。

上了吉普赛汽车,老刘自嘲地说,权当买门票了。

我说，可是我什么也没看着哇。

现在，老刘大老远地从陕西奔我来了，从哪方面说我都不能怠慢了人家，否则他回县里一学说，我真没脸回去了。

早晨，老刘从招待所过来了，因为要去故宫，还特意换了一身新衣裳，不换便罢，这一换真正换出了刘博士的水平：头上顶着个黑呢礼帽，礼帽不是从现在的商店买来的，是从民间收购来的民国物件，一看就是十分的传统，十分的有年头了，京城街上，什么怪玩意儿都有，这顶民国礼帽，大概还是独一份。老刘的帽檐下头挂着副水晶眼镜，也是老物件，镜片小而圆，已经磨损得发了乌，两条铜镜腿从两边兜了个弧度，挂住了耳朵，镜片后头的一双小眼吧叽吧叽不停地眨，很吃力地透过脏镜片朝外张望。老刘上身一身古铜色金团花的唐装，衣袋拉出一条怀表链子，嘀楞搭楞地在胸前晃荡，下头穿条牛仔裤，很瘦的包着屁股裹着腿的那种牛仔裤，大腿上破了一道大口子，口子光剩了一道道纬线没经线，脚上依旧是昨天那双尖皮鞋，出彩儿的是那双肉色丝袜，这双袜子在何彩圈脚上也还罢了，偏偏套在了刘金台的臭脚上，真是不伦不类的"监介"。老刘一张嘴，嘴里的金牙欻欻放光。以前也没觉得他的金牙怎么的，这会儿怎感觉挺耀眼、挺闹腾。见我不住地扫描他裤子上的窟窿，老刘说是儿子的裤子，退役下来给他了。

民国范儿加现代派。

我和老刘拦出租车，出租车不少，可没有一辆肯在我们跟前停下，我有些不耐烦，老刘却不动声色，站在路边沉静如水。老刘的形象吸引了不少过路人的目光，回头率颇高。见多识广的北京人看够了各样标新立异的摩登，头顶顶着一绺绿头发的，裤裆掉在腿肚子上的，耳朵上钉了十几个钉子的，前头露肚脐眼后头亮着半拉屁股的，可是，他们都没有老刘耐看，老刘的装扮让他们似曾相识，既怀旧又新潮。老刘很自豪很骄傲地挺着肚子站着，兵马俑一样的表情有着让人琢磨不透的含蓄淡定。我知道，老刘虽然来自乡下，但绝没有乡里人初进大都会的羞怯和不安，他自认为有很粗壮的背景，有很丰富的文化底蕴，眼前来来往往的张三李四，其实没法和他比，他的姓是皇上亲赐，偌大中华，具有皇上赐姓的又有几人？在文化历史方面他见多识广，他兜里有黄金台的马蹄金，他屋的楼顶有几百个汉陶和众多绝品瓦当，他有许多名人字画……他尽管常把尴尬说成监介，把不逊说成不孙，那些都无伤大雅，跟眼前人比，他占着天时地利，霸着文化的洪脉，陕西是出皇上的地方，周秦汉唐，十三个朝代，七十二个皇上，站在他家黄金台的坡上，往西看，皇上们排成了一溜，往东看，排成一溜的还是皇上，那是一种什么样的气魄，什么样的壮观，顺手提溜出一个，不是秦始皇就是汉武帝，他家地里随便一踢，不是秦砖就是汉瓦……

陪着老刘在故宫转了大半天，腰酸腿疼，快迈不动步了。 我看出来了，老刘看大殿，属于狗看星星一片明的水平，他的真实目的是留神着北京的皇上有没有马蹄金，所以对每一个展示窗口都看得很仔细，对黄金的物件、金属的物件尤为关注。 在长春宫的庭院里，老刘想着法儿要摸一摸殿前站着的铜仙鹤，仙鹤用栏杆围着，老刘就蹭在栏杆上使劲够，行为很怪诞，引起了保安的注意。 我打岔说这只仙鹤不安分，曾经跑过，被人射了一箭，至今腿上还有伤痕。 老刘这才低下头寻找起来。 后来老刘又看上了三大殿旁边摆着的大铜水缸，水缸可以摸，老刘那双兵马俑似的硬手，就在缸面上摸过来、摸过去，将缸的兽形提手研究了几个来回。 末了对我说，这曾经是镀金的，被人刮了。

我说是八国联军干的。

老刘说，国仇未报壮士老，不周山下红旗乱。

我问什么意思，老刘说，且记刮缸之恨，这仇就让一泡、二泡们报去吧。

晚饭是在东四小吃店吃的，依着老刘是要吃烤鸭，我说小吃店不卖烤鸭，大晚上的吃一肚子油腻消化不了。 老刘说那就吃炖肉，有肥有瘦的那种。 老刘还记着我在他们家给做的醋焖肉，那天他和一泡、二泡整整吃了五斤肉，满满的一大柴锅，三个人满嘴流油地直喊幸福。 我告诉老刘，小吃店是回民馆子，不卖炖肉。 最终，我给老刘要了一份爆肚，一份牛肉炒疙瘩，我自己则吃豆汁、焦圈。 老刘把饭吃得有一搭没一搭，说帝都的吃食比不上西北长安，西安回民街的小吃，顺着街走，吃一礼拜不带重样的，灌汤包、镜儿糕、牛肉旋、羊肉泡、芸豆蜜枣甑糕、炒凉粉、炸盒子、泡泡油糕……都是回民，互相之间怎就不交流交流呢！

老刘一边吃一边说，指着炒疙瘩说是懒婆娘的懒麻什，比何彩圈的手艺差远了，何彩圈的疙瘩是中空带花纹的！

我给老刘端来一盘奶油炸糕，老刘不客气，夹起一个咬了一口，吸溜着气说，没馅？！

我说，蘸白糖呀！

看来，老刘对北京不太满意。

时间不长，老刘便把潘家园文物市场摸得门儿清，每天早出晚归甚是辛苦。我开始还礼貌地陪着他去了历史博物馆，后来就由着他一个人四处胡转了。没几天，地铁几号线换公交几路，老刘的熟悉程度远过于我，操持着一口的醋熘普通话，已经不把自个儿当外人了。

我在网络上查阅有关马蹄金的资料，果然是产于汉代，用于皇帝的赏赐，马蹄金坨状，中间凹陷，形如马蹄，重量250克左右……网上有马蹄金的出土照片，是山东兄弟俩挖出来的，纯金，亮光闪闪，造型美，光滑可爱，有皇家气派，非市井之物。晚上老刘回来，我提出要看看他的马蹄金，这金子见天在我屋里搁着，至少也应该亮一下庐山真面目，让我长长眼。老刘不干，他说："天南地北，问乾坤何处，可容狂客？借得山东烟水寨，来买凤城春色。"句子说得很完整，没有错字。我知道这几天电视正演《水浒传》，昨天正演到宋江浔阳楼题反诗一集。

我问老刘什么意思，老刘说没什么意思，反正是不能看。我说，你拿着马蹄金来买北京春色，想脱手发大财，别当我不知道！

老刘说，好宝贝哪能动彻（辄）就掏出来示人，那样就把灵气都散没了。

我说，真金不怕火炼，马蹄金难道还怕人看？

老刘说，好歹也是黄金台的遗赠，祥瑞几百年才出现一回，得低调些才好。

又说，他已经把那个青花"文革"缸弄到手了。我说准是冯老汉死了，老刘说老汉没死，是儿子从学校毕业了，回家进门四处一踅摸，发现屋里只有这个缸还是个整庄东西，二话不说，掂出去十五块钱就给卖了。儿子用这钱在网吧买了两个面包，一瓶冰峰汽水，花得心安理得。不显山，不露水，缸没了。冯老汉有辙吗？什么辙也没有，一物降一物！

老刘说他花一百块从别人手里把缸淘了来，又给冯老汉送去三百块，老汉感激得什么似的，早知今日，何必当初！这叫山不转水转，磨不转驴转，殊途同归。

我让老刘别打岔，我还是要看马蹄金。

在我的再三请求下，老刘极不情愿地打开兜子，掏出两个用红布包裹得严严实实的包裹。我接过布包，沉甸甸的，很有分量，将布慢慢展开，果然，是金晃晃的金子，每块拳

头大小，形状确像马蹄。 我的心里立刻充满了敬畏和郑重，黄金台人的期盼和守望，汉武帝的霸气与张扬，征战将士的忠贞和荣耀，黄土地的含蓄和藏匿，全汇集在手中略显粗糙的马蹄状物上。 千百年的凝聚，现在与我相对，让我的心浓浓地化解不开，激动得无法用语言表达。

我把马蹄金拿到台灯下细细观看，金子的坑洼处粘着黄土，泛着一股浓重的土腥味，带着遥远年代的气息，老刘坐在我对面，也不错眼珠地看着我手里的宝贝。 看得久了，我感觉跟网络上的马蹄金图片多少有些差距，便找了个软刷子，刷上面的浮土。 老刘看出我的疑惑说，真宝贝就是这个状态，你看故宫珍宝馆里那些红宝石、蓝宝石，那些猫眼、大宝珠，都有些黯淡无光，甚至让你分不清它是什么质地，石头的？ 塑料的？ 木头的？ 真宝贝含蓄内敛、不张扬，有质量，拂去上头掩盖的黄土，就会展现出它的高贵深沉，这才是真家伙！

我如同老刘挑剔北京小吃一样挑剔着黄金台的马蹄金，说这块金子不亮，有赝品的嫌疑。

老刘说，什么叫"亮"？ 搞收藏的最忌讳"贼光四射"这个词，一个物件一旦泛出"贼光"，绝对是造假。 舞台上演员脑袋顶着的水钻亮，灯光一打，欻欻欻，晃人眼睛，那个值钱吗？ 那个什么也不是！

我说这马蹄金看着跟故宫的铜水缸有异曲同工之妙。

老刘让我不要贬低黄金台的出土文物，贬低文物就是贬低汉朝的先人。 说文化人最爱凭想象胡编，他看过我编的电视剧，低级得很级，盗墓贼进到墓室打开棺盖，棺里的宝贝闪烁着光彩，把盗墓人的脸照得蓝绿蓝绿的，其实满不是那么回事，宝贝真放了光它就不是宝贝了，是电灯泡。

我说，看来你是盗过墓的。

老刘说，没盗过，挖过。

终于看明白了，我手里的马蹄金是一层镀金，透过斑驳的金面，隐隐可以窥出铜的深绿锈迹。 联想老刘的九龙砖雕砚台，我心里立刻给马蹄金打了折扣，问可真是黄金台出土？ 老刘说是他们家房基地树底下挖出来的，绝对货真价实！ 他是老古玩了，他屋的真货有的是，犯不着为这个造假。

老刘一边说一边把他的马蹄金包起来，装进兜子里，很有些后悔给我看的模样。 不管怎么说，我对老刘的马蹄金露出了铜不能释怀，感到有些不靠谱。 我说，老刘这个你得跟县文物部门打招呼。

老刘说，打屁招呼！ 公家那帮孙子，就是我娘的尿盆，他们也会鉴定成秦始皇的饭碗，没一点准星，横竖都是他们说了算。

我问老刘打算怎么办。 老刘说卖了它。 我说要是真的能卖一大笔。 老刘说怎么"要是真的"，它本来就是真的！黄金台出土的没假货！

可也是啊，黄金台地里挖出来的，不应该是假的。

老刘在北京的涉猎很杂、很广，包括我们家附近早市的地摊，他说地摊上也有卖古玩的，跟陕西比，都是上不了档次的小玩闹，北京真家伙忒少。 每回从街上回来，老刘都大包小包地提着东西，以各种女式衣服为多，其中不乏地摊上出口转内销的外贸品，便宜且式样怪异，在陕西是绝对见不着的。 鉴于老刘的爱好，我不便多问，只问哪个是给何彩圈的，老刘拉出一件大花有韩国风格的套头衫说，这个咋向？

我说，彩圈肯穿才怪！

一周后，老刘带着两箱子北京物产回黄金台了。

从此又是泥牛入海，再无消息。

不知马蹄金下落如何。

很长时间我在网络上查找马蹄金的资料，听说香港拍卖过马蹄金，斑驳的镏金表面同样露出青铜质地，人家并没有否认这不是马蹄金，线索说是来自个人收藏。 可见对马蹄金的认证有多种版本。

不知是汉武帝跟他的爱将们开了个玩笑，还是老刘跟汉武帝开了个玩笑。

不久，从青山传来消息，老刘要建造一座私人性质的"黄金台汉代文物博物馆"，专门展出黄金台出土的文物。我想起那面飘扬的绿旗，给老刘打电话说要注意博物馆的品位，别弄得像土地庙似的。 老刘说规划图已经做好，让他的二泡通过邮箱给我传了过来，图纸完全是自行设计，请的是河南巩义施工队，展出样式就仿照故宫珍宝馆。 我说珍宝馆未必就好，那也是没法子的法子。 看传来的图纸，前头一座影壁，后面是大屋顶的主展室，一层一层往里进，到底没逃出庙的格局。

老刘在黄金台正如鱼得水地折腾。

我期盼着黄金台博物馆的建成，好到那风景秀美的秦岭山下故地重游一回。 清明节前夕，老刘来了，来送博物馆开工奠基仪式的请帖。

今日之老刘已非昔日从猫眼往里窥探的老刘，人家是坐着奥迪车，由司机和秘书陪伴着，从黄金台照直开进北京城里的。 用他司机的话说是"一路顺畅，一路绿灯，没遇到堵车，也没遇到限号"；用秘书的话说是"交警一路朝馆长行注目礼，十分尊敬，青山县的警察喜欢馆长，北京的警察也喜欢馆长，馆长有警缘"。

细看秘书和司机，原来是一泡和二泡。

老刘一改往日装扮，礼帽不见了，西服革履，领带考究，白衬衫的袖口不是扣子，是袖扣，深绿泛青的两块莫名其妙的石头，显得很有古意。 皮鞋是羊皮网眼的，眼镜是会变色的小蛤蟆镜，黄金的牙齿换作了烤瓷，说话也不再东拉西扯，张嘴竟是标准普通话，时不时还要把头发往后潇洒一甩，做出台湾小生状，让我忍俊不禁。

我说，老刘你要成精了。

二泡说，我爸已经成精了。

老刘说明了来意，我赶紧对他的成绩表示了祝贺，说博物馆奠基时一定去添彩。

老刘说，也没请别人，来的都是县里的弟兄，叫了电台、报纸几个媒体，央视和省长们也要过来，我让他们看情况，不必强求。

老刘的话百分之八十不能当真。我要求刘馆长跟我还是说陕西话，这样彼此都随便，不生分。

老刘很快变了腔调说，黄金台刘姓的老少爷们儿听说在自己的家门口建博物馆都高兴得很很，有了博物馆就有了游客，有了游客就有了旅游，女人们想着能在屋门口卖凉皮，这是藏在乡间的吃食；婆子们要展示布老虎手艺，她们至今对虎年邮票选中山西布老虎而没有要她们的耿耿于怀；汉子们算计着合伙办个马术队，找回刘姓人跟着汉武帝征战的威武；老汉们的皮影班子也恢复起来了，几个老把式在刮驴皮，刻武将……

老刘说最关键的是他的那些旧玩意儿有了名正言顺的安置之地。成立了博物馆，他把管理权交给村里的后生们，人事有代谢，往来成古今。他自己则要干些他喜欢干的事情，人活一世，不容易呢。我说，是"自古人生谁无死，留取丹心照汗青"吗？

老刘笑而不答。

奠基仪式定在农历五月端午，我说怎选个屈原跳江的日子？老刘说是请大师特意挑的，不能更改了。说到时让二泡提前把机票订好，我只要提着包上飞机就是了。怕我忘了，老刘拿红笔在我们家的挂历上五月端午这天画了一个大大的圈。 还觉得不醒目，索性把圈涂红了，让我记起了他那海水江涯红日喷薄的大堂。

日子一天天过去，红圈在一日日向我靠近。 想着黄金台那边的事情，留心着老刘的电话，留心着航空公司发的信息，手机二十四小时不敢关机，怕耽误了人家的邀请。 端午节前一天，还不见那边动静，打过电话，无法接通，无奈我自己买了机票，为的是给自己撑个面子，表示并非一门心思等人家赠送的机票。

中午就到了黄金台，进村没看见人，五月的太阳照得村路上白花花的，烤得人冒汗。 有些燥热，有些口渴，念及何彩圈端午节必备的江米蜂蜜粽子和炸油糕，加快了脚步朝老刘家走。 到门口发现门锁着，红旗、绿旗都不见了踪影，连院里拴着的黑贝大狼狗也消失了。 紧接着看见了墙上防狼一样画着大白圈，里面写着大大的"拆"字，脑袋里半天转不过弯来。 一转身，见远处树后有半大小子朝我观望，紧忙向他打招呼，不料他却像见了鬼，惊呼一声："上头又来人咧——"消失在一片猕猴桃树背后。

很快，从树丛里，从山墙背后，从犄角旮旯转出几个青壮年，手里都掂着农具，横横的，有要拼命之势。 其中有认识我的，说请谁来说和也不抵事，请作家来也不行！

我说我不是来说和的，我是来给老刘奠基的。

一汉子说，还奠基哪，奠个鸡巴呀！

我问老刘怎的了，对方说老刘让人打了，重伤，在县医院正抢救。

我心里一突突，忙问为了什么。众人你看看我，我看看你，谁也不说原委。还是村长刘大壮把我拉到一边说，前日，黄金台刘姓村民和拆迁队发生冲突，各不相让，打得头破血流，公安出了警，才把事情暂时平息了。

我说是为了老刘的博物馆吗？

刘大壮说博物馆倒不至于，那毕竟是黄金台自己的事情，现在牵扯到了外头，有富商看中黄金台的名字和风水，要在这里建造大型商业会所，并且承诺，会所建成，将安置所有村民参与其中工作，诸如花工、清洁工、保安、服务员……可是刘姓人不买账，跟赫连勃勃不当刘勃勃一样，他们不当花匠，不干保安，他们就是要成立马队、卖布老虎，他们的使命就是要守着这片高台，护卫着汉朝将士，让他们不受侵扰。人在，职责在，不能因为时间的久远、因为死亡的阻隔而改变。他们姓刘，汉武帝在赐姓的同时，将责任也毫无保留地赐给了他们。

黄金台人知道，一旦答应商人给予的优厚条件，推土车、挖掘机、大铲车，立马就轰轰隆隆地开进村来，数十代人守护的宁静便马上化为乌有。黄金台被掀了盖子，再无秘密可言，守墓者变成了掘墓的帮凶，黄金台的黄金梦从此不再。

这种数典忘祖的事情非黄金台人所为。

眼下，美丽的村庄已经近乎崩溃，签了协议的早早拿钱走人了，唯剩下刘姓的中坚举着黄旗，钉子一样散落在原野的角角落落，在做最后的坚守。风里旗子呼啦拉地飘，守旗的人一副同仇敌忾的悲壮模样，想必跟征战大宛归来的祖先已难分彼此。

下午，我赶到县医院，想的是老朋友真有三长两短还能最后见上一面。医院的科室我都熟悉，未进病房先见大夫，询问病情。大夫老李见了我直摇脑袋，我问是不是病情不好，老李说，一把岁数的人了，遇事还冲在头里，让我说他什么好？老毛病不改。

我问伤在哪里。老李说，他的伤还能是哪里？生殖器！

我说，那司机和秘书呢？

老李说，两个泡帮着他们的爸爸跟人打，一个后背让人拍了一锹，一个胳膊让人砍了一刀。

我问到底为了什么，老李说偷情。

我进到病房，老刘在中间病床上躺着，左边床是他的儿子二泡，右边床是他的儿子一泡，爷儿三个正跷着腿聊天，何彩圈一勺一勺小心翼翼地往老刘嘴里喂橘子汁。

老刘和泡们说，爱惜芳心莫轻吐，且叫桃李闹春风。和爱你的人结婚，与你爱的人做情人。

土路 荒野 三轮车

太阳宫是北京过去、现在都不太有名的地方。

有时候母亲会领我到太阳宫住两天，太阳宫是乡下，出东直门坐三轮车得走半天。

去太阳宫的季节多是夏末秋初，早晚天气渐渐转凉，各种瓜果开始下市，气候不冷也不热，是个敞开了玩、敞开了吃的季节。

我喜欢这样的季节。

太阳宫也是我和农村接触的初始，从这里我知道了什么是"乡下"，知道了什么是沤粪、浇地、除草、打尖，以至于我"文革"后期到农村插队，望着异地的河沟水渠、黄狗白杨才并不觉得生疏。

当年，我和母亲在胡同口雇三轮车，母亲得跟蹬车的讲半天价，因为人家不愿意去，嫌太阳宫偏远，回来拉空，挣不着钱。原本东直门有驴可雇，因打仗，驴主怕兵们拉差征用牲口，有去无还，都把驴处置了，这使得东城的焖驴肉、驴双肠一类驴制品货源很充足，驴却不见了踪影。

　　出东直门是个大粪场，东城一片茅房的粪便都在这里集中晾晒，这里永远的臭气熏天，永远的苍蝇成群蚊子打蛋，但是这里的土地相当肥沃。　过了粪场往北拐，路渐渐不好走，两边都是乱葬岗子，坟头起起伏伏，道路坑坑洼洼，有的棺木腐朽破烂，露出地面，里边的内容一览无余暴露在阳光下。　逢到这情况，我都要扭过脸使劲看，看那里头除骷髅以外还有什么新奇。　母亲不让我看，我偏看，母亲说我是"贼大胆"，不像闺女，像小子。　蹬车的开始抱怨路坏，做后悔状，母亲就一大枚一大枚地慢慢往上加钱。　对母亲来说，这都是计划内的，并没有超出预算。　蹬车的说这样的地界以后他说什么也不来了，他回去大半会遇到"鬼打墙"，他的内弟晚上路过东直门坟地，转了一宿也没转出去，天亮一看，一地的脚印，全是他自己的，敢情净是原地转圈儿了。　母亲说他回城里，太阳还老高，让他放心，有太阳什么鬼也不敢出来。　我说我就是鬼，我就出来了，说着朝前头做了个斗鸡眼。　蹬车的回头看了我一眼，扑哧笑了。

　　太阳刚当头顶，我们就到太阳宫了。　车夫在村口停住，再不往前蹬，说村里的路太烂，他心疼他的车。　我们雇车的时候只说是到太阳宫，并没说到哪一家。　我和母亲只好下了三轮，大包小包地拎着东西往村里走。

　　我们去的那家姓曹，我管女主人叫二姨，管男主人叫二姨夫。　我母亲没有姐妹，这个二姨用现在的话说是她在朝阳门外南营房做姑娘时的闺蜜，她们俩都是给作坊做补活的，各自凭着手艺养家糊口，是患难的姐妹。 后来，二姨嫁了种菜的曹大大，我母亲嫁了教书的父亲，姐妹俩的环境由此而大相径庭。 母亲是父亲的填房，成了教授夫人，二姨成了种地养羊的村妇。 夫人与村妇在文化程度上都是文盲，不分彼此。 不同的是我母亲会歪歪扭扭地写"陈美珍"三个字，那是她的大名，是我父亲教的；二姨到死也不知道她的名字怎么写，逢有必要场合，她只有按手印，那比一笔一画写名字方便多了。

二姨有个儿子，在太阳宫村生的，给取了名字叫"曹太阳"，二姨夫嫌这个名字太大、太满、太正式，顺了个小名叫"日头"。 全村人都日头、日头地叫，叫得挺顺嘴，知道他大名"曹太阳"的反而没几个了。 日头爱画画，我把他画的鸡冠花拿给我父亲看，父亲说，曹太阳长在太阳宫可惜了。

我说，太阳可不就得住在太阳宫里嘛！

父亲却说太阳住在东海，歇在一棵大树上，那棵树叫扶桑。

我说，落在树上的太阳会把大树烧死。

父亲说，歇下来的太阳是只三条腿的乌鸦。

我总是不能理解。

我们还没进村，曹家的大黄狗就从旁边的菜地里钻了出来，绕过母亲，照直奔我，立起身子把前腿搭在我的胸口上，要不是我个儿长得高，非被它扑倒了不行。 我说，去！

黄狗摇着尾巴不去，我摸摸它的脑袋，它脑袋上顶着许多草籽。

到底是秋天了。

母亲说，一年了，黄狗还认识你。

我说当然，我跟它是姐儿俩，就跟您跟二姨似的。

母亲说，把自个儿降到了畜生档次，不嫌寒碜。

我说，王阿玛家的太太还管狗叫儿子呢，我这算什么！

黄狗在前头屁颠屁颠地跑，不时地回头看我们。我和母亲在后头跟着。母亲说，这狗通人性。

我说，跟我一样。

母亲说，黄狗怎知道咱们今天来了呢？

我说，它会闻味儿。

黄狗回家报了信儿，曹家的人迎出来了。

稠粥　黄狗　老洋瓜

我和母亲的到来让他们惊喜，也让他们措手不及，本来一家人正在葫芦架下吃饭，都丢下饭碗赶到了门口。二姨矮胖敦实，眼小嘴大，属于不好看的老娘们儿系列；二姨夫身板直溜，眼大嘴小，应该划入英俊老爷们儿行列。他们说话的腔调带有滚动滑溜、一带而过的东城味儿，听着亲切自然，哪怕是初次见面，也让你有八百年前就认得的感觉。大人们没完没了地寒暄，我掺和不进去，就来到小饭桌前，探索桌上的午饭，我对吃向来比较钟情，从小到老不能更改，秉性使然。 曹家的饭桌上是几碗豇豆、棒子稠粥，当间有一瓦盆暴腌老洋瓜，饭食简单、清素，是平时的吃食。 日头笑眯眯地端来两个小板凳，又盛了两碗粥，添了两双筷子，摸出两个咸鸭蛋，算是待客了。 看得出，我的到来让他很高兴，嘴里一双小狗牙朝外龇着，用手把小板凳抹了一遍又一遍。 这里所有的农户都种菜，有人早上专门来收菜，用挑子挑进城里去卖，城里人都知道，太阳宫是北京城有名的老菜乡。 太阳宫鼎鼎有名的菜是韭菜和青韭，韭菜在春秋之际上市，一拃多长，紫根，叫"野鸡脖"。 我知道造反的黄巢有首诗说，"冲天香阵透长安"，老黄说的是菊花，我爱拿这句代替"野鸡脖"，"冲天香阵透燕京"，在城里，一家吃"野鸡脖"，一条胡同都能闻见，味道那叫窜！ 青韭是冬天过年出现的鲜货，产自太阳宫的暖棚，细嫩的青韭比头发丝粗不了多少，黄绿黄绿的，包馄饨吃，那是冬天无可替代的一口。 年根二姨夫进城办年货，顺便会给我们家捎去一小捆青韭，青韭是用二姨的棉坎肩包着进城的，怕冻了。 我们家的青韭馄饨都尽着父母亲吃，孩子们只有尝尝的份儿，这东西太稀少太珍贵了。 厨子老王说给我们吃，那是糟蹋。

瓦盆里的老洋瓜肯定是曹家自产，才从地里摘下来的。暴腌，是临吃之前抓把大粒儿海盐突击性地腌制，既有咸味也不损食物原本的鲜嫩，用现在的时髦说法是"保留了食物原生态的状态"。 当然，只有新鲜的菜蔬才能暴腌，蔫了的，走了水的，只能腌咸菜！ 盆里的老洋瓜夹杂着星点红辣椒和青蒜，颇引人食欲。 我捏了一片仰着脑袋搁进嘴里，嚓嚓地脆，好吃！ 母亲远远地瞄了我一眼，我不怕，进了太阳宫，她的一切规矩都不管用了，在这里，我行我素，每个人都是王爷！ 看大人还没有往饭桌前坐的意思，我又捏了一片瓜，很夸张地嚼着。 现在想，老洋瓜是个很有意思的东西，在今天的菜市上已经绝迹，但在那个时代却是繁盛得要命，推车卖菜的，车上都有一筐老洋瓜。 老洋瓜比西葫芦细，比黄瓜粗，白皮白瓤，皮厚籽硬，没有任何味道，最大特点是便宜好存放，老百姓拿它当主打菜。 那个时候，北京胡同的孩子，把老洋瓜基本都吃伤了，夏天，顿顿是老洋瓜，没别的菜。 话说回来，现在的孩子，哪个又见过老洋瓜呢，那些下里巴的老洋瓜都跑哪儿去了？ 想念老洋瓜！

我和母亲的到来使饭桌上多了天福号的酱肘子和芝麻烧饼，农家的饭桌立刻变得奢华而热闹。 烧饼夹肉，我一顿能吃俩，可是现在母亲暗示我只能喝粥，烧饼省下给日头吃。二姨和姨夫在吃上不吝，也不客气，把肉大块大块地往嘴里填，顺嘴顺手往下流油，看他们的样子，简直舒展极了，幸福极了。 日头的筷子长了眼，专挑肥的往自个儿跟前夹，真正是吃着碗里的，看着盘里的。 二姨夫说，过年也吃不上这么地道的酱肘子，真解馋哪！

二姨说，他大姨想着日头缺嘴，回回来了带东西，不是酱肘子就是烧羊肉，什么是亲姨啊，这就是亲姨。

在曹家人的攻击下，一个大酱肘子，顷刻就少了大半拉。

知了们在头顶毫无倦意地歌唱、撒尿，细细的知了尿洒在粥碗里也没人介意。头顶上的小葫芦长得有茶碗大了，生着细细的茸毛，在风里轻轻摇晃，好像也要参与到吃的队伍中来。黄狗不知什么时候悄悄凑了过来，拿嘴使劲拱我的腿，尾巴扑棱扑棱摇得很欢。黄狗心里想的什么我知道，我心里想的什么黄狗也知道，不顾母亲的眼神，我夹过一块肥瘦相间的肉，不敢立即兑现，偷偷攥在手里。黄狗当然心知肚明，在桌底下用嘴拱开我的手，悄没声儿地把肉吃了，而后把我的手舔得精湿。最终，我的膝盖上枕着狗脑袋，黄狗也不看肉，黑眼睛不错眼珠地盯着我，等待赏赐。二姨踢了一下狗说，这东西是人来疯，蹬着鼻子上脸！

我喜欢曹家的稠粥，大柴锅熬的，棒子糙很粗，有嚼头，还搁了豆子，红黄红黄的。这样的粥一开锅在院里都能闻见香味，粮食的香味。每每闻到这样的味道，我都觉得踏实和感动，它们才是生活的真谛，酱肘子毕竟是虚华的，浮在表面的东西，没有根基，十分的靠不住。我认识的老中医彭玉堂说过，肥腻生痰，肘子不能多吃，大人容易得痰厥，小孩容易痰迷心窍，都是不大好治的病。我们家有根老祖留下的拐棍，上头嵌着几个字，"布衣暖菜根香诗书滋味长"，对衣服和诗书我没有特别的记忆，对菜却是念念不忘，牢记于心。人哪，什么时候也不能忘了吃！

这样美好的柴锅豆粥在太阳宫以外的地方，我没喝过。

酱肘子之外，母亲还带来一些哥哥们穿不着的旧衣裳给日头。日头在人前话语不多，一双大眼睛很亮，二姨说过，日头的精气神全在这双眼睛上，他的眼睛里树呀、人呀、云彩呀，装了不少东西，想要什么立马就能掏出来画在纸上。二姨一边夸日头的眼睛一边称赞那些旧衣裳，说日头穿上我哥哥们的衣裳一点不比城里人逊色，谁也看不出他是太阳宫种菜的。母亲说，那是，咱们的日头模样周正，长大了能干大事情，比如当科员什么的。

在母亲眼里，"科员"是个很大很重要的职务，我父亲在受任美院之前当过几天"建设总署"科员，母亲认为科员是个很体面的职业，不是谁想当就能当的，这么一来，把我熏陶得从小立志要当科员。"文革"期间工厂到农村招工，我问人家，是招科员吗？人家说是招工人，我说我想当科员。招工的说，工人好，工人阶级领导一切，进了工厂你就知道了，工人发工作服，有劳保，一个月还有两块肥皂，科员什么也没有。

后来清理阶级队伍，内查外调，当我知道父亲待过的"建设总署"是属于北平日伪时期的机构时，便再不提"科员"的话了。

日头对我哥哥们的衣裳不感兴趣，他感兴趣的是我带给他的一大沓子废纸，那些纸都是我平时的积攒，有包茶叶的、包药的、包雪花膏的，还有别人没使完的作业本，日头需要这些纸，纸的背面都是空白，他可以在上头画画，画葫芦，画小庙，画蛐蛐，什么都可以进入日头的画纸，连黄狗也可以。 这些纸被日头很仔细地压在炕席底下，一张纸画得满满的再抽第二张，绝不浪费。

窑坑　小鱼　西红柿

不用二姨吩咐，日头就知道下午该做什么，放下饭碗他摘下了墙上的鱼篓子，我一看他这举动，立刻说我也去，二姨说外头太阳太毒，留神中暑。 我说我不怕。 母亲说，让她去吧，哪回从这儿回去不晒得跟红虾米似的。

我跟着日头出了村向南直插下去，南边有个叫夏家园的地方，夏家园村边有个水泡子，长着大片大片的荷叶。 水泡子当地人称之为窑坑，是过去挖土烧砖留下的深坑，积了水，长了水草，表面上清幽幽的水波不兴，其实底下深浅无测，走着走着，刚到腿肚子的水一下就没了顶。 常听人说，谁谁家的孩子在东直门外窑坑玩水被淹死了，窑坑是个可怕的所在，没哪个孩子敢轻易下到窑坑里去扑腾。 倘若哪家的妈听说孩子上窑坑玩了，一顿臭揍是永远无法逃脱的，哪怕你躲到天涯海角也逃不过。

日头要到窑坑去摸鱼，这让我心里特别忐忑，跟在他后头，怕他下水又有点盼着他下水，不住嘴地说，你行吗，你行吗？

日头拍拍鱼篓子说，待会儿看这个你就知道我行不行了。

在坑边，日头脱了衣裳，钻到水里去，水很清，我能看到他的两条腿在水里蹬，日头说他是在踩水，窑坑这边水深够不着底。 他指指东边说，那边水浅，有太阳，暖和，鱼多。 或许坑东边的水真不深，有时候他一个猛子扎下去，水面上蹬出一片泥花；有时候钻进去半天也不见露头，我怕他淹死，在岸上使劲喊，黄狗也跟着叫唤。 日头从水里伸出脑袋说，鱼都让你们吓跑了！ 别在这儿裹乱，哪儿凉快哪儿歇着去！

我说，我得看着你，你淹死了，我好回去报信。

日头说他淹不死，他是属龙的，是龙王爷的二大爷。

我摘了张荷叶顶在脑袋上遮太阳，在窑坑附近转悠。 夏家园也是种菜的地界儿，夏家园的菜长得比太阳宫的好，这里离东西坝河更近，是元代通大都的漕河，因水源丰富，土地更肥，所有的菜都很水灵。 太阳宫和夏家园的西北，有个叫芍药居的地方，我对那个地方很向往，曾经想让日头带我去看那盛开的芍药花，日头说芍药是春天开，现在秋天了，就剩了狗尾巴花。 二姨夫说，芍药居还是种菜的地方，那儿并没有芍药花，不过是有个老菜农在自家院里种了几株芍药，文人们便附会成了芍药居。

二姨说，芍药居哪儿有太阳宫好，太阳宫多大气！

在窑坑东边，一块石碑旁边，我竟然发现了几棵西红柿！要知道，那时候的西红柿可是珍贵的东西，卖菜的挑着挑子沿街叫唤，"香菜、芹菜、辣秦椒，茄子、扁豆、嫩蒜苗……"其中没有西红柿，西红柿很晚才在老百姓的饭桌上出现。那时候的西红柿，只是偶尔才能在孩子们的眼前闪亮一下，通红的，圆润的，多汁的，昂贵的，当水果吃。

夏家园这几棵西红柿长得过了头，红得发紫了，充满着诱惑，充满着招摇，让人无法拒绝。我过去，毫不犹豫地拧下了一个，地里长的东西，难分是你的我的。四下张望，除黄狗歪着脑袋欣赏我以外，周围并没有眼睛。我问黄狗，咱们还揪不揪？

黄狗高兴地摇尾巴，表示赞同，我不客气地又揪下个更大的，用衣裳兜着，四处踅摸弄个再辉煌点儿的。石碑横在眼前，挡住去路，看碑上的字，多不认识，只识得"夏……大人……"几个字，便对着墓碑说，夏大爷，吃您几个西红柿……没法子……馋啦！

自然没谁搭理我，只有草窠里的虫子在吟唱。

打过招呼，我心安理得地来到窑坑旁边，日头的篓子里已经装了不少鱼，都是小麦穗，也有不安生的小泥鳅。

日头看见我手里的西红柿说，你怎么动了夏二的洋柿子，这是夏家留籽的柿子，夏二看见了得拿锹拍死你！

我说，夏二有什么可怕，我连雍和宫的鬼都不怕！

我知道，日头对雍和宫的鬼很向往，他不止一次地跟我说过，想到雍和宫看打鬼。雍和宫打鬼仪式在正月，除了送青韭，曹家人扛头上我们家，他们不愿意见我父亲，怕我父亲嫌弃他们。

猛然，日头指着我后头一声喊，夏二来了！

我撒腿就跑，日头后边紧跟，黄狗蹿得没了踪影……

蹦过河渠，蹚过冬瓜地，穿过柳树林，绕过荆条丛，我一路狂奔，不敢回头。

跑回太阳宫才发现，哪儿有什么夏二，都是日头胡编的。我怪日头骗人，日头狡狯一笑，狗牙往外一龇说，你不是不怕夏二吗，不怕你跑什么？

我说，我不是偷了人家的西红柿嘛！

日头背着鱼篓朝家走，抬头看，西边天空一片晚霞，美丽动人，我说这景致能入画。日头说那是火烧云，明天准是个大晴天，秋老虎没几天了。

二姨在门口招呼日头，让他回去帮忙烧火做饭。

银河　黄鼬　旱烟袋

今天晚饭是曹家的精彩——贴饼子熬小鱼儿。

鱼就是日头在夏家园摸来的小麦穗，大锅、柴火、风箱、小板凳，日头在灶下烧火添柴拉风箱，有条不紊，一会儿就把锅里的水烧开了。二姨把拾掇好了的鱼倒进去，从小缸里舀一铁勺自做的大酱，扔一把香葱，丢两瓣小蒜，用勺子慢慢地搅；二姨夫抓一把和好的棒子面，使劲儿地甩在热锅锅帮上，氤氲的蒸汽里，那些生面团像一圈手拉着手的娃娃，谁也不乱动，可爱极了。 紧接着大锅盖严丝合缝地盖上，日头抽了硬柴，灶底的火变得平顺、温柔，由着小火慢慢地炖。 一家人配合默契，像共同完成了一场演出，各有角色，各司其职，真好！

锅里冒出了喷香的鱼味和贴饼子的香气，撩拨得人心里发慌。 我坐也不是，站也不是，光想往锅跟前走，想掀开锅盖瞅瞅，那里边变成了什么。 晚饭的桌上还有顶花带刺的黄瓜，嫩得一咬流水的小水萝卜，甜而不辣的羊角葱，它们都是蘸酱用的。 酱是纯黄豆酱，晒了一夏，揭开酱缸，噗噗地冒泡，酵发得火候正好。 我摘来的西红柿被二姨切成瓜瓣模样，搁在糙碗里，摆在我跟前。 西红柿的籽硬了，吃在嘴里得吐核，肉也发干，不好吃。 就这个吐核的东西还让我落了个偷的名声，想想真划不来。 这晚上，我吃得不少，肚子里至少装进二十条小麦穗的身子，我不敢吃鱼脑袋，怕它们进到肚子里造反，咬我。 真要那样，我怎能敌得过它们！ 饼子我只吃上头的焦疙渣，嘎嘣嘎嘣，又香又脆，吃几块都丢不开手。 至于被揭了疙渣的饼子，日头很主动地接收了。

黄狗在远处趴着，不时拿眼睛往这边瞅，模样委屈极了。 我问二姨怎不给黄狗吃饭，二姨说，乡下的狗从来不喂，它们会自己出去找食吃。 我觉着黄狗挺可怜的，对曹家人这么忠心还得不到曹家一口饭，我要是狗呀，早就"不跟你们玩了"！

吃完饭，母亲和二姨坐在院子里聊天，她们总有说不完的话，二姨夫不说话，坐在旁边一袋又一袋地抽烟，烟笸箩就搁在他脚底下，他一边抽烟一边揉搓那些烟叶。二姨夫装了一袋烟递给我母亲，母亲接了，很内行地就着二姨手里的火嘬了两口，吐出了悠悠的烟。我不知道母亲还会这个，在家里从没见母亲动过烟，到了太阳宫怎的连大烟袋都叼上了。我想，这事我回去一定得告诉我爸爸。

二姨问姨夫，羊喂了没有，姨夫说下晚往圈里扔进去两筐草，早晨日头拉出去拴村外了，回来时肚子吃得圆圆的。二姨对母亲说，太阳宫的羊只能圈养，方圆十几里都是菜地，啃了谁家的都不合适。他们家的羊是德胜门外羊店趸来的两只半大羊，估摸今年底就能杀了，到时候给我们送羊肉去。

我使劲吸了吸鼻子，果然闻到一股羊臊味儿。

日头拿着荆条在编筐，天渐渐黑了，乡下没有电灯，也不点油灯，借着微弱的星光也还模糊看得清楚。二姨夫要到棚子里值夜，他种了半亩香瓜，马上要开园了，不是怕人偷，是防备地里的野物糟蹋。二姨夫夹着衣裳走了，黄狗跟在后面，它是值夜的主要成员。我透过篱笆看外面，田野里黑洞洞的，有萤火虫在远处扎堆，黑暗里有一双绿眼倏忽闪过，我朝母亲身边挪了挪，尽管她身上有陌生的烟味儿，也不计较了。二姨说，刚窜过去的是黄鼠狼，它惦记着屋后的鸡雏。

　　日头说他天黑前已经把鸡窝门顶上了石头，黄鼬那双小爪想扒也扒不开。　一个乡间的小野物，二姨叫它的小名黄鼠狼，日头叫大名黄鼬，就像有人叫日头，有人叫曹太阳一样。　日头告诉我说，有一天夜里他从瓜地回来，月亮照得地上明晃晃的，把一切都看得清清楚楚。　突然，他看见一只黄鼬在路上直立着身子对着月亮手舞足蹈。　日头问我，你知道它在干什么吗？

　　我说不知道，日头说它是在拜月亮。　我问黄鼬为什么要拜月亮，日头说，黄鼬和狐狸一样，老到一定程度就成了精，它们不停地修炼，炼到一定水平就能随意变化，变成美女，变成老头什么的。　不过，黄鼬的水平比狐狸低一个档次，狐狸会炼丹，黄鼬不行。

　　我问日头，那晚上怎没有把那只黄鼬像捉小鱼儿一样捉回来。　日头说，哪能临到我捉，我还没靠近，那黄鼬就打了个喷嚏说，呸呸呸，晦气，今儿个不该出来！

　　我问为什么，日头说，我搅了它的好事，它还得再炼五百年。

　　可怜的黄鼬！

　　有股轻微的风从西边吹过来，夹带着丝丝凉意，树叶没动，但是我感觉到了。　西边是燕山，北京人管它叫西山，西山横盘在天边，蜿蜒得像条不老实的大龙。　我朝西望，看不见西山，西边天上有光，那是城里的灯。　看头顶，头顶是满天繁星，牛郎织女遥遥相望，包括牛郎担子里挑着的两个孩子，两颗忽闪忽闪的小星星都看得清清楚楚。　又粗又壮的银河，恍恍惚惚，密密匝匝，横亘穹宇，想那浩荡大水隔断牛郎一家人，母亲和孩儿再不能相见，只是让人心酸。　二姨说，丫儿看银河呢吧，教给丫儿个秘密，你记着，银河调角，棉裤棉袄，银河分叉，单裤单褂，将来丫儿当了妈妈，这是应该知道的。　什么时候给孩子穿什么衣裳，得看天，银河会告诉你。

我问二姨，现在银河是调角了还是分叉了，二姨吭唧了半天说大半是正在调角。

其实二姨自己也说不清。

田野里的秋虫聒噪得振聋发聩，满世界似乎都成了它们的声响，每一只虫子都在努力张扬着自己的歌喉，宣告着自己的存在，包括那只想吃鸡，还得继续修炼的黄鼬，它们使得黑夜中的太阳宫田野充满了生机，充满了灵动，充满了神秘和未知。　我对日头说，明天你领我去看看太阳宫。

日头说，太阳宫有什么好看的，小破庙，快塌了的。

我说，破庙也是"宫"啊，出东直门，称得上"宫"的也就是这儿。

日头说，雍和宫不算？

我说，雍和宫在城里，在安定门。

日头想了想说，我带你上太阳宫，你得带我上雍和宫，我要看打鬼。

我满口答应说，没问题。

　　去年、前年我跟着父亲连着看了两回打鬼，把细节给日头讲了，成了他的心病，害得他日日盼着能看一回。　清朝的皇帝信奉密宗，雍和宫过去又是雍正的府邸，所以每年正月雍和宫打鬼就成为北京城的大事，为这个，庙里早早就提前准备了，届时皇上要派钦差来现场参与。　后来皇上倒了，打鬼的仪式依旧热闹隆重，不因时局的变化而有所改变，老百姓祈福禳灾的心愿什么时候都是一样的，不管有没有皇上。我们家看门的老张，最信奉雍和宫的神灵，动辄就跑到雍和宫去烧香、打问，连他脸上长了个疖子要不要挤破，也要去雍和宫问佛爷。　好在雍和宫近，我们家住戏楼胡同，胡同口就是雍和宫，几步路的事，跑去又跑回来，锅里蒸的包子还没到火候。　有一回他崴了脚，脚脖子肿得老高，做饭老王打趣他说，咱们是上医院呢还是上雍和宫？

　　打鬼这天，雍和宫天王殿前搭了台子，铺上红毡，台下人头攒动，密不透风，千万人鸦雀无声，静等仪式开始。　时辰一到，锣鼓号声震天而起，先是有金盔金甲的四大天王上场，威武庄严，在四角站立，又上来几个活泼小儿和弥勒佛，欢快舞蹈，引人入胜。　接着鼓声一转上来个白鬼，头戴骷髅面具，手握招人牌子，阴森可怕。　白鬼走得离观众很近，边走边撒白色粉末，沾上白粉不是什么吉利的事，人群纷纷后退，把场子清扩出来。　所以，有经验的看客一般都不往跟前挤，站在后头远远地观望。　白鬼演毕金刚上场，还有鹿首、牛首的神，耍着各样法器，把妖魔团团围在当间，捉拿、清除，皆大欢喜。 整个过程，无异于一部巨大的舞剧，服装艳丽，造型特殊，充满神秘色彩。

去雍和宫，日头要跟我拉勾，说不能反悔。 我不拉，说那是小孩子玩意儿。 但是日头却拿笔认真记下"正月三十，雍和宫打鬼"的字样。

朝霞　破庙　四老爷

第二天一大早，天还没大亮我就起来了，睡不着了。 为什么呢，因为咬，蚊子整宿在耳边飞，嗡嗡嗡，你刚一迷糊它就来了，刚一迷糊它就来了，成心不让你睡觉。 土炕上的跳蚤也很活跃，钻到我的裤腰上转圈咬，那些大红包连成了串，痒得钻心，乡下的一切也不是全好，比如这些大包，回去让我抓挠半个月怕也不能平复。 母亲和二姨还在熟睡，她们昨天唧唧喳喳聊了大半宿，比蚊子还讨厌。

我这么早起床，不知干些什么。 来到院外，外面天气有些凉，草上有了露水。

东边天空已经泛红，天边的云彩染上了胭脂的颜色，房子、大树、菜地、水塘，在云彩的渲染下好像画出来的一般，都映着红。 树后头的天空最亮，我知道，待会儿太阳就会从那里升起来。 我不错眼珠地盯着那块地方，生怕错过了那个伟大庄严的时刻，这个时刻很难得。 很快，树后冒出了一个通红的亮点，那应该是太阳的脑门了，太阳的脑门一蹿一蹿的，蹿一下高一点儿，似乎不忍和大地分离。 我的眼花了，只是感到一个大鸡蛋黄在上上下下地抖动，跟大树若即若离。

日头从院里跑出来，黄狗也跑出来，日头问我在干什么，我说在看出太阳。

只这一转脸，没盯住，太阳顷刻跳出了树枝升上天衢。大地一片金光，连风吹动树叶也带了金属的声音。 光明中，迎着太阳，沐浴着晨风，我的心里充满感动，低头看，连黄狗的表情也变得十分神圣。 我觉得在这样重要的时刻我得像我父亲一样作一首诗，才对得起这为我而升起的太阳。 我父亲爱写诗，看月亮写诗，看菊花写诗，看卖小金鱼儿的写诗，看人家放风筝还写诗，他画的每幅画上几乎都配着他的诗。 现在，我看到了太阳的升起，怎能没有诗歌相佐，而让太阳孤寂地上天呢？

我对日头说我要为太阳宫的太阳写诗。 日头说，那你就和皇上一样了。

我问此话怎讲。 日头说这事夏家园的夏二知道，夏二说乾隆有一天东巡，走到这里，正好看见出太阳，望着光芒万丈的大地，皇上跟我一样很感动，作了一首诗，说这里像是太阳宫！ 后来，村里人就在这儿盖了庙，叫太阳宫。

我说那个夏二怎什么都知道？ 日头说夏二念过半年私塾，他们家是书香门第。 我说，他怕是连《千家诗》也没念过。

　　日头说，可能。

　　我让日头带我看太阳宫，日头说我身后就是，我回身看，哪里有什么红墙黄瓦的宫，不过是座颓废的小院罢了。院子门口有个看不出模样的影壁，露着土坯的内胆，残留的墙皮上画着一棵歪歪扭扭、没精打采的树，是不是父亲所说的太阳落脚的扶桑也未可知。　院门口两棵老榆，房后一株病柳，三间歪斜的平房，一只半埋的破钟，无一不显露出破败残缺。　我说皇上的庙应该有琉璃瓦，比如雍和宫，黄灿灿一大片屋顶，那才应该叫太阳宫。　日头说他不知道什么叫琉璃瓦，他从来也没见过琉璃瓦。　太阳宫不是皇上的庙，是他们村里自己盖的庙，每年二月初一太阳过生日，有人过来烧几炷香，仅此而已。　我说，太阳比黄鼬还可怜，那么大的名声，住这么个小地方，委屈了。

　　日头说，比土地庙好多啦，我们村的土地庙还没有我膝盖高。

　　走进"宫"门，内里比外头还荒凉，草有半人高，堆着渣土、垃圾、粪矢，一条腐烂了的长虫横陈在台阶上，被一群蚂蚁包围着……三间小屋的房顶露了天，北墙有二尺高的土台子，上头坐着四个缺胳膊少腿的神像，神像泥皮脱落，面部塌陷，粗糙拙劣，无法打眼。　我问这四个人是谁，日头说，夏二说过，是日月水火四老爷。

　　又是夏二！

　　我说，太阳宫一个太阳就够了，他们几个跑这儿凑什么热闹?

日头说大概是怕太阳一个人闷得慌，来做伴的。

我对太阳的宫殿十分失望，它打破了我对"宫"的认知和憧憬。破烂的太阳宫坚定了我要让日头见识雍和宫的决心，我一定要他看看真正的"宫"是怎样的气派，怎样的不同凡响。

早饭后我和母亲就要回城了，日头搬来昨晚编的筐，里头装着金黄的倭瓜、黑紫的茄子、紫根野鸡脖韭菜，还有四个花皮香瓜。半口袋棒子楂，二十个柴鸡蛋……这些东西，真够我们拿的。

二姨夫和日头将我和母亲送到东坝河，路上，日头还追问我作的太阳诗，我说下回来了带给他看。日头说等不到下回，他就会跟他爸爸去戏楼胡同，去雍和宫。

曹家爷儿俩看着我们上了三轮车才离开，黄狗追着车跑了很远。

卤煮　打鬼　焦三仙

正月底，二姨夫带着日头来了，专门来看雍和宫的打鬼。母亲让日头和他爸爸住在南屋，南屋是一进大街门的倒座房，平时不住人，没火，在京城滴水成冰的日子里，睡惯了太阳宫热炕的父子俩，其难熬程度可想而知。老王为曹家父子蒸了一锅发糕，做了熬白菜，虽然简单粗劣倒也热热乎乎，曹家父子很满足。 我父亲领着学生到河北鸡鸣驿写生去了，二姨夫松了一口气，说早知这样应该让日头妈也来雍和宫逛逛。 但是二姨夫看到我那些同父异母的大哥哥大姐姐便不再说让日头妈来的话了。 哥哥姐姐们哪个的派头都很大，哪个都不拿正眼看来自京郊种菜的二姨夫，他们接纳青韭馄饨但是不能接纳青韭的人，这让我好生奇怪。 我们家只有我和母亲视他们为亲戚，跑前跑后地张罗，陪着他们说话儿。

我觉着，人得将心比心，夏天我到太阳宫去，曹家倾着全家实打实地待承，让我挑不出一点儿不好，现在人家到了我这儿，我们就拿熬白菜对付人家，我都替我母亲害臊，下回还怎么去太阳宫呢！ 母亲有母亲的招数，我看见她偷偷塞给日头十块大洋，让日头想吃什么到外头买什么。 十块大洋，真不少了，二姨夫和二姨半年大概也挣不出这个数来。所以，二姨夫和日头都很高兴，他们没挑礼儿，冷就冷呗，熬白菜就熬白菜呗，怀里揣着钱呢！

傍晚，曹家爷儿俩的饭是出去吃的，回来二姨夫说日头吃了四碗卤煮火烧，把卖卤煮的吓怕了，第五碗说什么也不卖了。 卤煮火烧是北京小吃，严格说它更应该属于河北范畴，把烙好的火烧放进带有猪肉和下水的卤汤里一块儿煮，吃的时候把火烧捞出来，横竖切四刀，再舀进卤汤，肉烂饼香，非常进味儿，是受欢迎的大众食品。 可惜，我到现在也没吃过北京的卤煮火烧，每回从卤煮的小馆前走过，都为香味吸引，但是一见那眉目甚不清爽的大锅和锅里那些腾挪翻滚的莫名其妙，立刻没了胃口，真难想象，日头连火烧带汤竟然吃进去四大碗，他的肚子总共才有多大地方啊！

比起我的二十条小麦穗鱼，日头真是吃多了，刚开始还没觉怎的，后来肚子胀得越来越厉害，老王叫他抠嗓子吐出去，日头舍不得，情愿撑着。后来我母亲采取了治我的办法，让老王沏了半碗起子（苏打）水，给日头灌下去，日头才勉强躺下睡了。

第二天，母亲不让我去看打鬼，说喇嘛手里打鬼的鞭子胡抡，抽着人的事情年年都有，父亲不在，没人能管得住我。不让我去，母亲也不去，让老张带着曹家爷儿俩去雍和宫，还特别嘱咐，看看就回来，别看到底，工夫太大，把人冻坏了。我为不能陪日头看打鬼遗憾了一早晨，巴不得把那些喇嘛冻翻了，打不成鬼才好。

老张和曹家爷儿俩出门的时候天上飘起了雪花，刮起了灌脖子北风，气温降得厉害。我坐在南炕玻璃窗前看下雪，不到一个时辰，房上、树上、院子里就全白了。院里没人走动，一片寂静，只有母亲的猫黄黄儿从雪地上跑过，留下一串好看的梅花印儿。母亲给我点了个手炉让我抱着，得意地说，不去好吧？在家暖暖和和的多好，大下雪的跑雍和宫看什么打鬼，闹不好把鬼再带回家来。

锣鼓声还有大铜号沉闷的呜咽声从西边借着风雪传过来，号声低沉却富于穿透力，颇具煽动意味，仿佛这漫天大雪就是借助号声从高天翩翩而来。 母亲的想法太简单，太直接，她哪能理解雍和宫那些色彩艳丽、造型怪诞、动作夸张的傩舞对小孩子是一种多么大的诱惑啊！

自鸣钟刚转了两圈，老张就领着曹家爷儿俩回来了，老张说再不回家日头的小命就没了！ 母亲急着问怎么了，二姨夫说日头的魂让白鬼勾走了。

再看老张身后的日头，顶着一脑袋一身的白粉，牙关紧咬，眼睛发直，簌簌地哆嗦。 母亲问话他也不回答，把牙磨得咔咔响。 母亲说，这还真是中魔了，合着喇嘛把鬼赶日头这儿来了！

老张说，他使劲往前挤，站到台跟前儿了，这要命的粉末子不扬（念ráng）他身上扬谁身上。

母亲赶紧过去拍打日头身上的白，老张让母亲别拍，说这白落到哪儿哪儿倒霉。 母亲说这怎么好，老张说拍到大街门外头去，让过路的踩了带走。

我说，这是以邻为壑，有点缺德。

老张说，到了这份儿上也别说什么德不德的了，谁让咱们摊上了呢。

日头像街头耍"呜丢丢"的小木偶一样，被老张和二姨夫提溜到当街，在雪地里好一通拍打。 被拍打的日头眯着眼睛，像睡着了一样，有点儿魂不守舍。 二姨夫说，日头，日头，你说句话呀！

日头自始至终一声不吭。

没想到日头看打鬼看成了这种效果，我心里觉着怪对不住日头的。 老张说，小门小户的日头属草芥之命，太薄，扛不住这轰轰烈烈的场面，在场子上被追赶得团团乱转的邪气、孽障自然是奔他而来。

母亲让老张不要说了，越说越邪乎，她让老王烧了一锅滚烫的姜汤，逼着那爷儿俩喝了。 半夜，日头开始发高烧，嘴唇起了一圈燎泡，不停说胡话。 母亲说日头头晚卤煮火烧吃多了，停食着凉，到胡同口药铺买了一大包焦三仙。 煎了，给日头灌下去。

焦三仙没起作用，下午日头起了一身密匝匝的红疙瘩，整个人都变成了红的。

老张说这是鬼风疙瘩，日头真是让鬼扑了。

母亲让老张赶紧想驱邪的办法，老张顶着大雪和二姨夫去了东边的柏林寺。

柏林寺是元代大庙，据说原有十里柏林的称谓，后来柏林逐渐消失，名字没变。 在我记忆中，柏林寺很大，有大殿几重，高台阶，还有精美的砖雕影壁和老得说不出年龄的榆树，以及"万古柏林"的大匾。 大匾的印嵌在正中，当是哪位皇上的作品。 那天，老张找到庙里的负责人，请人家帮忙想想办法，救孩子一命。 人家一听就拒绝了，说无能为力，另请高明。 听老张回来学说，老王说，该着绝你，喇嘛惹的事你找和尚，人家不让你"另请高明"才怪。

还是我们家老七，我的七哥请来了大夫彭玉堂，给日头看了，大夫说是急性传染病猩红热。

猩红热是小孩子的病，母亲一听就害怕了，比听见鬼进了家门还害怕，胡同里年前死了一个叫二丫头的孩子，得的就是这病。二丫头死后，有穿着白大褂的人到各家往孩子身上喷药水，老七说都是瞎掰，猩红热是飞沫传染，喷孩子管什么用。母亲说喷总比不喷好。特意让人家把我前前后后都喷了个遍，不管怎么说，猩红热在那个年代是个可怕的病。

母亲前脚雇车把曹家爷儿俩送回太阳宫，后脚就把我隔离到小套间，不让出来了，她说日头留下的病菌还在屋里飞散活跃着，让我撞上哪个都会像二丫头一样，必死无疑。母亲天天看我的嗓子，量我的温度，风声鹤唳，我稍微咳嗽一嗓子，她都急着让老七去叫彭玉堂。我被封闭在小套间，想着法子吓唬母亲，今天说脑袋疼，明天说身上痒痒，后天说肚子胀，我喜欢看母亲着急的样子，喜欢看她因为我而无处抓挠、提心吊胆的紧张。一时，我成了家里的中心，仿佛我"病"得很重，没有几天活头了，为此我自己也觉得自己活不了几天了，所以尽着想象给母亲提要求，今天要吃鸡蛋羹，明天要吃核桃酪，后天要吃贴饼子熬小鱼……

老七对母亲说，把她放出来吧，都惯成什么了，没样了。

纸袜　纸鞋　二姨夫

一晃大半年过去，又到了夏末秋初，给日头攒的废纸已经厚厚的一沓，跟着老七上东安市场逛旧书店，还给日头找了一本画画的书，上头有萝卜、白菜、蝈蝈、喇叭花什么的，想的是该跟着母亲上太阳宫了。

没想到，我们还没动身，日头自己来了，没坐车，是走来的，浑身的油汗浑身的土，最让人惊心的是那一身热孝，在夏日的热浪中，头上顶着的麻包片说明了曹家有重要的至亲过世了，披麻戴孝啊！日头进门就磕头，给老张磕，给老王磕，给我磕，母亲从屋里跑出来大声喊叫，日头啊，咱这是怎么啦？！

日头说，我爸爸殁了——

母亲说，正月不还好好儿的吗？

日头说，昨天夜里咽的气。

母亲一听，拽着日头就往门口跑，边跑边喊着让老张赶紧雇车。老七给母亲递了些钱，说这个是必须带着的。母亲接过钱，有些木然，带着日头上了三轮，让车夫快蹬，要多少钱都给。我追出大门，黄狗一样跟着三轮跑，叫着，妈！妈！还有我哪！

母亲回过头说，在家老实待着！

我哪儿跑得过三轮车，眼瞅着母亲和日头的背影到了胡同东口，往南一拐，没影了。

太阳宫那场丧事办得很简单，母亲第二天就回来了。曹家死了当家的，二姨成了寡妇，日头成了没爹的孩儿。原来正月日头那场猩红热没有传染给我，却传染给了他的父亲，敢情大人的猩红热麻烦程度远过于孩子，没多久，日头爸爸就转成了肾炎，全身浮肿，尿中带血。人说这个病是最怕累的，可是种菜的二姨夫哪里歇得下来，一家人的嚼谷都在他身上啊……听说二姨夫入殓的时候头膀得有斗大，看不清鼻子眼睛，脚肿得穿不上鞋和袜子，鞋和袜子是用纸糊的。

几十年后我成了一名医生，传染科的医生，这与曹家二姨夫并没有什么因果关系。我在西北的传染病医院干了八年，在我的手下，处理过无数猩红热病人，有大人也有孩子，也有转化成肾小球肾炎的患者，基本都痊愈了，在医学科学发达的今天，这个病对人类已经构不成威胁。但是，面对病人，我常常想起太阳宫，想起那风光秀丽的乡村，想起穿着纸袜子纸鞋入殓的日头爸爸，想起他的烟袋和烟管篓……

日头爸爸去世不到一年，是二姨大喜的日子，二姨为日头找了一个继父，母亲作为娘家人，婚礼是必须要参加的。母亲在路上教导我，到了太阳宫脸上要喜兴，嘴要甜，多说吉祥话，不能提死了的曹大大，最重要的是还要管那个新进门的男人叫"二姨夫"，要叫得自然亲切，不能打磕绊，这样新二姨夫才高兴，二姨才踏实，我们这趟才算没白来。

母亲问我听懂了没有。我说，没懂。

母亲说，你已经是小学生了，怎么还不懂人情世故，你二姨一个女的，带个孩子，在乡下活得下去吗？ 你得替她想想……

母亲说着哭了。

我问日头的新爸爸是谁，母亲说是夏家园的夏二。

我说，啊呸——

母亲说，你这是什么态度？ 夏二怎么得罪你了？

我一路没有说话。 无话可说！

一切还是老样子、土房、篱笆墙、鸡窝、葫芦架，但不能说是曹家，现在得称夏家了。

夏家的喜事办得简单潦草，做了一锅打卤面，随到随吃。 卤做得很咸，浇半勺能把人齁死。 二姨穿着紫花夹袄，夏二穿了件蓝布长衫，以示自己有过半年私塾学历，出自书香门第。 母亲给二姨请安道喜，背过身去却在偷偷抹眼泪，二姨的眼圈也红红的。 夏二的身板很壮，秃顶，留着山羊胡子，眼睛有些斜视，这样你就看不出他的眼神到底在瞅谁，怪怪的。 夏二夸张地招呼着我们，说我们是城里大宅门的亲戚，他说他到北小街炮局送过菜，路过过我们家，广梁大门，高台阶，上马石，一看就是有身份的皇亲贵胄，这下好了，以后他再上炮局就有地方歇脚了。 夏二一边说着一边递给我一个梨，梨太大，他切了一块给我，我接过来，偷偷搁在窗台上了。 大喜的日子，吃梨，这个兆头可真不怎么的！ 我不喜欢眼前这个叫夏二的男人，他话太多，斜眼珠子太灵活。 跟原来的二姨夫比，我更喜欢先前的那个。 所以，自始至终我也没管夏二叫一声"二姨夫"，母亲暗示了我几回，我就是张不开嘴，奈何！

那天，我在太阳宫小庙里找到了日头，他抱着腿在四老爷脚底下坐着，目光呆滞，脸色苍白，全没了昔日的活分和明朗。 见我进来，他的第一句话是，我害死了我爸爸。

我说，你怎么这么想？ 不应该的。

日头说，以后不论遇到什么，我都罪有应得。

我说不是那么回事，老张嘴头常说，生死有命，富贵在天。 日头说，我不知道那病会传染。

我说，老天爷就这么安排的，谁也不能不听老天爷的。

我让他以后好好待承他妈，他妈最可怜。 日头说，她可怜什么，又有了新男人，她高兴着呢！

半天日头说，你知道吗，我现在不叫曹太阳，叫夏太阳了。

我说，我以后还叫你曹太阳，叫你日头。

日头摇了摇头说，喊，一个贱名儿，怎么叫都行。

我说，咱们一点儿也不贱，光芒万丈的太阳，能贱吗？

日头说，我没了爸爸也没了妈，没爹没妈的孩子，比草还贱。

我说，说什么哪，你妈可是亲妈！

日头说，我爸坟上的草还没长圆……她就朝前走了……

我觉着好端端一个家，已经散了。

我说，日头，我也不能常来看你了，我上学了，以后逮着机会你来戏楼胡同找我吧。

日头苦笑了一下，没说话。

一直到我们走，日头也没回来。二姨说，日头太拗，心思太重……

母亲劝二姨说，时间长了慢慢就好了。

我说，乡下的孩子也不是没心倒肺的。

母亲让我不要火上浇油，二姨的心里现在够乱的了。

抗美　援朝　志愿军

以后，我再没有到太阳宫去过，主要是身不由己，已不是儿时脱缰的野马，被戴上笼头了。其间母亲去过太阳宫，是为二姨去的。二姨死了，死得很突然，说是不留神滑进窑坑淹死了。母亲不解地说，她待得好好儿的，上窑坑干什么呢？

夏二说她是去找日头，很多时候她是满村喊着日头的名字，四处寻找，日头这孩子有点不合群，性格孤僻。母亲奇怪她的朋友怎会进了窑坑，夏二的解释是，窑坑是个没深浅的地方，里头有淹死鬼，每年都要拉替身，非此不能托生。

我觉得是二姨活得没了意思，自己寻了短见。听母亲说，从坑里捞出二姨，她全身穿的都是新衣服。按老张的分析，雍和宫打鬼，日头被撒一身白即是被鬼跟上了，性情已然迷乱，厄运便接连不断，这都是冥冥中阎王爷的安排。

母亲说是。

我说老张迷信。

很快夏二再婚，又有了自己的儿子，叫夏晓阳。

日头真的没爹也没妈了。

1952 年抗美援朝，日头当了志愿军。

出发前他特意到我们家来告别，穿了军装的日头威武英俊，再不像四老爷脚底下那个萎靡不振的半大小子。我摸着他的崭新衣服和大皮帽子十分羡慕，我告诉他，我们这些学生正给前线的志愿军做慰问袋，装上书签、毛巾、笔记本什么自己喜欢的东西交给学校，再由学校分配到朝鲜去，大家都希望自己做的袋子能送到英雄的手里，那该是多么幸运、多么有意义的事情呀！日头说他不要毛巾，他希望他的慰问袋里装一本美术书。我说打仗怎可能一心二用，你要保家卫国呢！

母亲在旁边插嘴，日头，你真要离开太阳宫呀？

日头说，姨，我真要离开。

母亲说，走了以后，你不想家？

日头说，不想。那里有什么需要我想的吗？

我觉得日头的参军带有些许逃离的成分在其中，这使得"抗美援朝，保家卫国"这个口号在日头这里多少打了些折扣，变得不太纯粹。接下来母亲的话更让我吃惊，母亲让日头到火线上要多长心眼，别低着脑袋傻冲，枪子儿是不长眼睛的。 要孝敬长官，让长官高兴，在战场上得罪长官是人命关天的灾难。 子弹尽量别往人致命地方打，无论谁都是一条人命……

日头说他懂，让母亲放心。

我母亲在当时是街道积极分子、治保主任，主任对即将上战场的志愿军战士说出这样的话，让我对她有了新的看法，母亲把她的另一面毫无保留地亮给了日头，她或许有了什么样的预感，但她对我，却一直都是硬铮铮的街道治保主任。 那天日头离开我们家的时候，突然想起什么似的对我说，呃，太阳宫的庙现在改成小学校了。

我问，四位老爷呢？

日头说，扔窑坑，彻底化成泥了。

日头走了，到朝鲜去了。

时间过去一年、两年、三年……我没有收到他的音信。

回国的人一批、两批、三批……我没有看见他的踪影。

一直到 1958 年底，志愿军全部回国，我也没有得到日头的任何消息。

"文革"的时候遇见夏二，已经是个白发苍苍的老头子了，佝偻着腰，趿拉着鞋，邋遢不堪。 他说还住在老地方，夏晓阳在城里当学徒，他是来看儿子的。 我向他打听日头的消息，他说日头到朝鲜的当年就当了俘虏，后来去了台湾。

…………

夏二说，日头给家里带来了麻烦，要不他兄弟不会连学也不能上。

停顿了一下夏二说，按说他姓曹，跟我们夏家没关系。

日头这是被连根拔了。

我说，曹太阳会回来的。

夏二说，不会回来喽，他回来干什么？

想念日头

北京只几十年的工夫便已是沧海桑田。 几个月不上街，识不出本真面目的情景常有。

因为拆迁，我们家从戏楼胡同搬到了城市东北角的望京，住在高高的 21 层楼之上。 每天云里雾里地看着北京，看一片片高楼从远处、近处拔地而起，越看越模糊。 我每天要坐三站公交车到早市买菜，菜场的名字叫"夏家园市场"，市场的旁边是地铁十号线"太阳宫站"。 在人群熙攘的市场，窑坑、菜地、夏大爷的石碑已经幻化成鲜鱼水菜，幻化成玻璃钢大棚和忙碌的小贩，小贩们虽与夏二没有任何关系，但个个身上都有夏二的影子。 一个留着山羊胡的男人在卖西红柿，价格比别家贵一倍，广告上注明是"本地产传统沙地西红柿"，见我在摊前流连，山羊胡子说，买斤回去尝尝，能吃出小时候的味道，保你明天还来！

花鸟市上有卖小仓鼠的，小鼠在笼子里无休止地蹬着转筒，坚忍不拔，我想起了日头说的，在月光下修炼的黄鼠狼，五百年时光，还很遥远，都是车水马龙的马路，堵车是经常，它到哪里去炼呢？ 改蹬转筒了吗？ 太阳宫的精灵，让我在有意无意间碰撞，心被一次次触动。 有些酸涩，有些温馨，更多的是只属于自己的怀念。

提着一兜菜我站在汽车站，周围林立的高楼让我不知身在何处。 太阳从东边升起，懵懂模糊的一个红团，刚露头便闪在了楼房的身后，很有羞于见故人的模样。 太阳宫，太阳的宫殿，如今又有谁还知道它曾经的模样？ 我想起了我要为太阳而写的诗，几十年了，一直没有完成它，关键是再没有看过那样动人的日出，没有过那样的心情和感动。 不远处有南湖和南湖公园，它的前身大概和窑坑没有关系，西山已然不见，风景依然秀丽，草坪新铺，假山人造，没了野趣，少了自然。 一只黄狗摇头摆尾地从马路对面跑过来，我惊喜地迎了过去，狗在我跟前停顿了一下，看那眼神，竟是似曾相识的熟悉。 我问跟在它后头的主人，这是什么品种。 主人说，拉布拉多。

哦，洋种的。

抬起头再看那太阳，太阳已隐入云层，再不肯露面。 一群人从太阳宫地铁站拥出来，这个站或许就建在太阳宫的小庙上，对面那座玻璃墙的大超市，或许就是日头过去的家。

海峡对面的曹太阳，你是否还在人间？

2013 年农历九月初九

以“人”为中心的写作

—— 读叶广芩的三部中篇小说

白烨

　　叶广芩的小说创作起步于二十世纪八十年代中期，但真正有气象又成气候是在九十年代之后。在他们那一代文学写作者中，她应该属于大器晚成的一位。但因为"后起"，她厚积薄发，后来居上，接连推出系列性的中篇小说，一发而不可收，并以《梦也何曾到谢桥》荣获第二届鲁迅文学奖"1997—2000年全国优秀中篇小说奖"，还以其他作品先后获得骏马奖、老舍文学奖、柳青文学奖等重要奖项。由此，她既在文学界广受好评，也深得一些文学读者的喜爱。这种以系列性作品连续引起文坛内外高度注意的情形，使得叶广芩自然而然地成为当代文坛名副其实的实力派作家。

　　叶广芩的中篇小说数量较多，质量较高，而且有着"家族文化"（或"京味"）、"生态伦理"、"世情民俗"等多个系列和板块。仅"家族文化"一脉，就有以"京剧曲牌"和"楼台亭阁"命名的多部中篇小说。可以说，她是当代作家之中，在中篇小说创作方面长期深耕并成就斐然的一个。

　　因为叶广芩写作的中篇小说数量较多，水平齐整，要想从中选出三部来编个集子，也颇费思量，并不容易。 思来想去，反复掂量，选了属于"家族文化"系列的《梦也何曾到谢桥》，属于"京味小说"的《太阳宫》，属于现实题材的《黄金台》。 这三部中篇小说，均为作者不同时期的代表性作品，依次读来，可以点带面地了解叶广芩中篇小说创作发展的某些侧影，并领略其卓有个性的艺术特点。

《梦也何曾到谢桥》描写的是清朝晚期一个贵族家庭里的一段往事。 金家老爷在自己家里是一个什么事都不管的甩手掌柜，却对以做衣裳为生的守寡女人谢娘情有独钟。 心思缜密的三太太看出了事情的端倪，私下里去见了谢娘并给她物色了新的郎君，使得谢娘悄然远离了金老爷。 作品通过小女儿丫丫的口吻，写活了父亲与母亲各自的隐秘心理。 金老爷与谢娘在表面平静背后的相互惦记，经由许多细节性描写，表现得既含而不露，又可触可感。 作品由一段朦朦胧胧的看似"婚外情"的故事，写出了金老爷与谢娘之间的特殊情感，暗中又蕴含了父亲对封建婚姻之外的自由恋爱的向往，以及母亲对家庭安宁的竭力维护等多重意蕴。

《太阳宫》主要描写儿时还是小丫头的"我"，与母亲去往位于城东太阳宫的乡下看望二姨一家人的往事。"我"在那里，结识了二姨家的儿子日头，跟他一起在乡间玩耍，获得了在城里所没有的种种乐趣。 之后，日头随他父亲到城里看望我们，还特别到雍和宫去看了所谓的"打鬼"表演。 后来，他父亲病故，母亲改嫁后亡故，已是孤儿的日头毅然参军去了抗美援朝战场，从此杳无音信。作品由许多日常化的生活细节，描绘出了一个"闰土"一般的乡间男孩的纯朴形象。在对过往经历的回忆中，连带着写出了北京的发展变化；在对日头的无尽惦念中，流露出对孩童之间清纯友情的深深怀恋。

《黄金台》描写的是当下的生活现实，却是用诙谐的语言、戏剧的手法，写出了自己在黄金台村下乡时认识的乡村能人刘金台。老刘虽人在乡下，却并不务农。他酷爱古玩，热衷收藏，他心心念念的事是要在黄金台村建立一个"汉代文物博物馆"。为此，他辗转于西安一带，又来到北京的潘家园。但老刘这样一个看似不大不小的愿望，却被当地一个富商"建造大型商业会所"的宏大项目完全阻断，令人为之唏嘘。作品里的老刘，满口文词，出口成章，东拉西扯，巴三览四，一个很有志向又特别张扬的形象跃然纸上。这个人物的做派和他的遭遇，让人忍俊不禁，也令人为之同情。作品写出了"我"与老刘的交道，也写出了我眼中的老刘的独特性情，以及这个性情中人没有得到别人应有宽容的悲情命运。

我以为，阅读叶广芩的小说作品，可能需要抓住两个最为基本的要素，一个是"人"，一个是"情"。

叶广芩善于通过日常化的生活细节描画各色人物，作品里的每一个人，无论是主角还是配角，乃至过场人物，她都力求留其声，存其形，显其神。主要人物就更是细心描绘，精雕细刻，力求个性鲜明，栩栩如生。如《梦也何曾到谢桥》里的金老爷，《太阳宫》里的小日头，《黄金台》里的刘金台，都是卓有个性、葆有情怀的角色，他们都不甘于现状，心怀着一定的梦想，却终究把握不了自己的人生命运。由此，作品又折射出了不同的时代与置身其中的人的密切关联。这些人物连同他们的悲情命运，读之给人鲜活生动的感觉，读后令人掩卷难忘。

叶广芩擅长在作品里言"情"，这或者是恋情，或者是亲情，或者是友情。由"情"的互动，细写个体人物的情感、情怀，折现人际之间的情谊、情义。而且在这些或温暖或忧伤的情感画面里，人们还能读到不同族群的风情、不同地域的民情、不同时代的世情。由于这样一些情感因素的彼此叠加与融汇，她的作品总能以浓厚而内在的情感力量吸引人和感染人。

可以说，叶广芩在各式小说的创作腾挪中，看似题材不同，故事各异，但始终是以"人"为中心点，立足于人物生发故事，围绕着人物穷形尽相，从各个层面和侧面去揣摩人物的心理，由各个角度和维度去度量人物的性情，探悉时代对于人生的无形约束，社会对于人性的严酷磨砺，文化对于人物的深刻浸润，性格对于命运的暗中主导。总之，林林总总的各色人物，形形色色的人性人情，包罗万象的世态民情，是她作品中基本不变的内核。我以为，了解了叶广芩写作追求中的这样一个主要特点，有益于人们更为内在地解读叶广芩的作品，也有助于更多的作家从中得到有益的借鉴。

图书在版编目(CIP)数据

梦也何曾到谢桥/叶广芩著；白烨主编. --郑州：河南文艺出
版社，2024.2
（百年中篇小说名家经典 / 何向阳总主编）
ISBN 978-7-5559-1585-0

Ⅰ.①梦… Ⅱ.①叶…②白… Ⅲ.①中篇小说-小说集-中国-
当代 Ⅳ.①I247.5

中国国家版本馆 CIP 数据核字(2023)第 225407 号

丛书策划　陈 杰　杨彦玲

本书策划　王　宁　　　　　责任校对　赵红宙

责任编辑　王　宁　　　　　责任印制　陈少强

丛书统筹　王　宁　　　　　书籍设计　书籍/设计/工坊
　　　　　　　　　　　　　　　　　　　刘运来工作室

梦也何曾到谢桥

MENG YE HECENG DAO XIEQIAO

出版发行　河南文艺出版社
本社地址　郑州市郑东新区祥盛街 27 号 C 座 5 楼
承印单位　河南省四合印务有限公司
经销单位　新华书店
开　　本　787 毫米×1092 毫米　1/32
印　　张　5.25
字　　数　91 000
版　　次　2024 年 2 月第 1 版
印　　次　2024 年 2 月第 1 次印刷
定　　价　42.00 元

印厂地址　焦作市武陟县詹店镇詹店新区西部工业区凯雪路中段
邮政编码　454950　　　电话 0391-8373957